ULRICH PAPKE

BUCH ZWO

FANTASIEROMAN

Ähnlichkeiten mit real existierenden Personen und Orten sind reiner Zufall. Dies gilt auch für Personen und Orte, die einst existiert haben.

IMPRESSUM

info@ulrich-papke.com
www.ulrich-papke.com
Cover von Ulrich Papke.
Unter Verwendung eines lizenzfreien Fotos von pxhere.com.
Verantwortlich für den Inhalt: Ulrich Papke.
Druck: epubli – ein Service der Neopubli GmbH, Berlin.
Korrektorat und Lektorat: Carolin Kretzinger.

Gen Horizont blickst du versonnen.
Erreichen willst du ihn, doch läufst im Kreise.
Hat nicht mit einem Schritt hinaus begonnen
noch jede große Reise?

XIV / I

Os

Inzwischen bringen die Tage wieder mehr Zeit des Lichts als Nachtdunkel hervor. Ich wage noch nicht, von Frühling zu sprechen, glaube jedoch, dass gestern die letzten kristallenen Flocken des Winters vom Himmel gekommen sind.
Vielleicht geht es Dir ja wie mir an dieser Stelle des ewigen Jahreskreises. Ich jedenfalls bin da immer voller Hoffnung angesichts des nahenden Frühlings. War doch der vergehende Winter alles andere als normal.
Natürlich hatte sich die Sonne Schritt für Schritt immer zeitiger zurückgezogen und erwachte später und später aus ihrem kosmischen Schlaf. Meist war das Blau dann wolkenlos. Die Temperaturen fielen auch des Nachts nicht unter neun Grad. Vom Brennholz haben wir nicht viel verbraucht. Dennoch fiel ab und an pulvriger Schnee, der die Landschaft still-friedlich mit einer weißen Decke überzog. Ich konnte dem Gletscher auf seiner Bergkette am gegenüberliegenden Fjordufer förmlich beim Wachsen zusehen.
Aber Du weißt ja inzwischen, dass hier alles seit geraumer Zeit ziemlich merkwürdig ist.
Fragst Du Dich, wie es Anne geht?
Nun, sie sieht nach wie vor oft, zu oft, durch diesen eigenartigen Diabetrachter. Ich hab es längst aufgegeben, beim Durchblicken erkennen zu wollen, was sie wahrnimmt. Und immer dieses verzückte Lächeln, wenn sie sich das Ding vor die Augen hält!
Und immer wieder: „Ich muss dorthin! Wir müssen nach Norden!“
Eine Weile hab ich erfolglos versucht, ihr diese Idee auszureden. Aber sie ist wie besessen und davon nicht abzubringen.

Und meine Kleine bleibt klein.
Ich meine, Anne wächst nicht! Seit Langem mache ich den Bleistiftstrich immer an derselben Stelle am Türrahmen. Nun ja, körperlich, äußerlich verändert sie sich nicht. Nur ihr schönes dichtes, blauschwarzes Haar wird immer länger. Sie trägt es meist zu einem dicken Zopf geflochten. Für meinen Vorschlag, dieses ein wenig zu stutzen, erntete ich nur einen bitterböse vorwurfsvollen Blick, der mich beinahe zur Salzsäule hat erstarren lassen.
Aber meine Anne wird auch immer klüger. Clever und witzig war sie ja schon immer. Und auch wenn ihr in ihren jungen Jahren natürlich persönlich gemachte Erfahrungen fehlen, bin ich davon überzeugt, dass sie mittlerweile mehr über die Welt weiß als ich. Abgesehen davon, dass ich schon zweimal Nachschub aus dem Buchgeschäft im Ortszentrum besorgt habe. Werke in norwegischer und englischer Sprache!
Manchmal wirkt sie regelrecht weise, als hätte sie bereits einhundert Jahre Leben hinter sich.

Merkwürdige Zeiten!

XIV / II

Paul schob seine neuesten Aufzeichnungen, die er wie immer auf kleinkarierten Bögen notiert hatte, unter den inzwischen beachtlich hohen Stapel beschriebenen Papiers. Die Flammen zweier Kerzen streuten ihren warmen Schein über den Schreibtisch.
Bald schon würde das Licht der aufgehenden Sonne machtvoll durch die Fenster dringen und gnadenlos hell den in der Luft tanzenden Staub sichtbar werden lassen. Wehmütig liebevoll betrachtete Paul sein Tagebuch. Schließlich wickelte er die Seiten in ein Handtuch und fixierte dann alles mit einem Rest Geschenkband.
Er hatte da so eine Ahnung. Eigentlich eine Gewissheit, die er sich einzugestehen bisher nur noch nicht vollends erlaubt, ja, gewagt hatte.

„Holzkohle ist aufgeschüttet!“, kam Anne gut gelaunt fordernd, gefolgt von Kater Gustav, ins Arbeitszimmer.
„Dir auch einen guten Morgen, mein Sonnenschein. Na gut. Zeit für meine vielfach ausgezeichneten Müsliburger“, war Paul froh über die Ablenkung von seinen Gedanken. Anne half in der Küche bei den Vorbereitungen. Dann wurden die schwarzen Kohlestücke auf dem Grill zum Glühen gebracht. Wie beim ersten Mal vor langer Zeit wartete Anne noch immer jedes Mal, vorfreudig ungeduldig auf den Rost starrend, bis die Teigbatzen in der Alufolie endlich gar waren.
Nach dem Frühstück spülte Anne Geschirr und Besteck. Paul setzte sich auf der Terrasse auf einen der Plastikstühle und sah grübelnd der Holzkohle beim Verglimmen zu. Während er tiefer und tiefer in seine Gedanken eintauchte, bemerkte er noch, dass Anne zum Brunnen ging, um frisches Wasser zu holen. Und wie sich die noch kahlen Bäume, an denen sie vorbeikam, ehrerbietig in ihre Richtung neigten.

Im Grunde war sich Paul schon recht zeitig darüber im Klaren gewesen, dass er mit Anne tatsächlich irgendwann in Richtung Norden aufbrechen würde.
Aber es gab so viel zu bedenken. Ganz zu schweigen, dass das Ziel dieser Unternehmung nicht gerade eindeutig definiert war: Norden ... Wie weit nach Norden? Wo dort hin? Wetter und Jahreszeiten mussten einkalkuliert werden. Wann wäre die beste Zeit zum Aufbruch? Welche Route sollten sie nehmen? Welche Transportmittel würden sie benutzen? Was müssten sie unbedingt immer bei sich haben? Sollte Paul doch noch Schusswaffen besorgen? Würden sie unterwegs genügend zu essen und zu trinken finden? Was, wenn sie auf nicht wohlgesonnene Artgenossen träfen? Es gab unendlich viele weitere offene Fragen. Abgesehen davon würden sie ihr Nest, in dem sie sich so gut eingerichtet hatten, womöglich für immer verlassen. Paul war sich auch durchaus darüber im Klaren, dass er bei diesem Wagnis mit ungewissem Ausgang möglicherweise sterben könnte.
‚Verdammt! Wenn ich noch lange überlege, kommen wir hier nie weg.'

„Anne! Anne?", war sich Paul nun sicher. „Beim zehnten Sonnenaufgang ab heute brechen wir auf!"
Auch wenn sie Paul wahrscheinlich längst besser kannte als er sich selbst, schaute Anne zunächst doch skeptisch fragend drein. Dann schließlich glaubte sie, was sie lange erhofft hatte, und fiel ihm wortlos glücklich um den Hals.
„Wir fangen mit der *Sirius* an."
Anne blickte ihn mit ihren großen dunklen Augen fragend an.
„Ein Segelboot", erklärte Paul.

‚Verrückt', dachte er, während er an den folgenden Tagen mit Fahrrad und Anhänger Vorräte von daheim zur Marina brachte und dort das Boot damit belud. Einst hatte er es genau umgekehrt gemacht.

Auch alle möglichen verschließbaren Gefäße, in die man Trinkwasser geben konnte, verstaute er, mit eben jener Kostbarkeit gefüllt, an Bord der *Sirius*.

Beim zehnten Sonnenaufgang beluden Paul und Anne schließlich ein letztes Mal ihre beiden Fahrradanhänger. Neben den restlichen Konservendosen befanden sich unter anderem Kleidung, auch für kalte Tage, und Werkzeug darin. Zwei Angeln und etwas Katzentrockenfutter durften natürlich nicht fehlen. Auch ihre beiden Drahtesel würden auf der *Sirius* Platz finden. ‚Na gut. Verdammt!', wusch Paul die Pfanne, in der er am Abend zuvor eine große Portion Abschiedspopcorn zubereitet hatte, doch noch ab und verstaute sie ordentlich im Schrank unter der Spüle.

„Bereit?", fragte Paul wohl eher sich selbst als seine Anne. Diese nickte und schulterte ihren Rucksack. Sie hatte Teddy, *Der Traum*, gesalzene Schokolade mit Mandelstücken und natürlich den Diabetrachter hineingelegt. In Pauls Packen befanden sich zwei Jagdmesser, zwei seiner Brecheisen, Zigaretten, mehrere Feuerzeuge, eine angebrochene Flasche *Redbreast,* ein Kompass und diverse Straßenkarten.
Gustav hatte es sich schon auf Annes Wintersachen bequem gemacht.

Die beiden stiegen auf ihre Räder und rollten langsam hangabwärts. Unten am Fuße des Hügels, beim hässlichen Zweifamilienhaus, machten sie Halt und warfen einen letzten Blick zurück.
Paul konnte die seinen gerade so zurückhalten. Anne jedoch ließ ihre Tränen ungehemmt über ihre Wangen kullern, bevor sie die salzigen Tropfen von ihrer Oberlippe leckte.
„Dann mach´s gut, altes Haus."
‚Cooles Wortspiel', dachte Paul über seine Worte.

Und da brachen nun doch auch aus seinen Augen Tränen hervor.
Es war kein leichter Abschied. Hatten sie sich in Vermieter Ingvars Haus doch so lange beschützt und geborgen gefühlt.

Sie hatten alle Türen unverschlossen gelassen. Wer weiß, wofür es gut war in Zeiten wie diesen.

XV / I

Die *Sirius* war eigentlich nach wie vor in gutem Zustand. Der Windgenerator quietschte mittlerweile zwar deutlich hörbar, hatte aber offensichtlich weiterhin zuverlässig seine Arbeit verrichtet. Doch auch die aufgeladenen Batterien konnten den Innenbord-Dieselmotor nicht zum Anspringen bewegen. Paul setzte also noch am Steg alle Segel.
Der Wind wehte nur leicht. Erst nach gefühlt mehreren Stunden ließen sie den Bjørnafjord hinter sich und erreichten das offene Meer.
Doch auch hier frischte der Wind nicht wirklich auf. Paul hatte im Gegenteil manchmal das Gefühl, als würden sie rückwärts treiben. Natürlich wurde diese Situation irgendwann belastend. Paul versuchte, sein Mädchen mit Gesellschaftsspielen bei Laune zu halten. Mit *Mensch ärgere Dich nicht*, *Malefitz* und Offiziersskat vertrieben sich die beiden die Zeit. Anne jedoch vermisste Bücher. Neuen Lesestoff. Sie beschäftigte sich mit dem Studium diverser Seekarten, die aufgerollt im Regal über dem Navigationstisch platziert die Küste ganz Norwegens detailliert darstellten.
Die Reisenden ernährten sich vom Inhalt diverser Konservendosen. Der Watermaker brachte leider nur gelblich trübe Flüssigkeit hervor. Wahrscheinlich ein Filterproblem. Nicht zu gebrauchen. Paul rationierte sogleich den Trinkwasserverbrauch auf drei Gläser pro Tag. An jedem dritten Tag wurden die Angeln ausgeworfen. Paul stellte schon lange keine Fragen mehr. Wie selbstverständlich hatte Anne immer einen großen, fetten Dorsch oder einen kapitalen Rotbarsch aus dreihundert Metern Tiefe am Haken. Möglichst propangassparend briet Paul dann den frischen Fisch mit etwas Salz und Rosmarin.
Anne freute sich jedes Mal auf das leckere Essen.

„Dreieinhalb“, informierte sie Paul wie so oft, eine Karte auf dem Navigationstisch vor sich ausgebreitet, über die seit Sonnenaufgang zurückgelegte Strecke und hielt sich dann den Diabetrachter vor die Augen.
‚Verdammt langsam. Das nervt‘, war Paul mit dem Reisefortschritt gelinde gesagt unzufrieden. Natürlich versuchte er, sich nicht anmerken zu lassen, dass er in Wirklichkeit kurz davor war durchzudrehen.
„Und, ist es noch da?“
„Ja, es ist gerade eine Kugel und leuchtet grün“, antwortete Anne.
„Kannst du vielleicht zufällig etwas Wind machen?“, fragte Paul schlecht gelaunt und bereute sowohl seinen Entschluss, das Tagebuch aufzugeben als auch seine bewusste Entscheidung, kein Schreibzeug mit an Bord zu nehmen.
Anne hatte das längst mehr als einmal versucht. Traurig resigniert sah sie Paul mit ihren großen dunklen Augen an und schüttelte beinahe entschuldigend leicht den Kopf.
„Verzeih, mein Sonnenschein. Das war nicht so gemeint“, war Paul ob dieser herzzerreißenden Geste bis ins Mark getroffen.
„Aber ich hab eine andere Idee!“, erschien da sogleich ein glänzender Schimmer in Annes Blick, bevor sie hinauf aufs Deck eilte und sich am Bug der *Sirius* gefährlich weit über die Reling beugte.
„Vorsicht! Pass auf! Nicht so hektisch!“
‚So ein Mist! Ich hätte an Schwimmwesten denken müssen!‘, gestand sich Paul widerwillig eine weitere Unzulänglichkeit bei der alles andere als optimalen Reisevorbereitung ein.
Er konnte es nicht sehen, doch war er sich sicher, dass sich Annes Augen gerade heftig unter ihren geschlossenen Lidern bewegten, als wäre sie abwesend in Trance. In eine andere Welt entrückt. Immer wenn er sein Mädchen so erlebte, fragte er sich, welchen Preis Anne wohl einst für ihre Gabe würde zahlen müssen.

‚Was zum Teufel …'
Gut zwei Dutzend riesige Möwen tauchten plötzlich wie aus dem Nichts auf und ließen sich aufgeregt kreischend an Deck des Bootes nieder, bevor sie abrupt verstummten und ihre Köpfe wie auf Kommando gleichzeitig Anne zuwandten. Paul musste unweigerlich an eine Szene in dem Film *Titanic* denken, als Anne nun ihre Arme ausbreitete.
„Nein, Gustav! Nur angucken!", hielt sie den sich bereits anpirschenden Kater im Zaum.
Paul erschreckte sich, als plötzlich ein Ruck das Segelboot durchfuhr.
‚Verdammt!', nahm er zunächst an, der Rumpf der Yacht hätte irgendetwas im Wasser Treibendes gerammt. Die Möwen flogen erschrocken auf und davon.
‚Na super.' Sie hatten reichlich Kot auf dem Teakdeck hinterlassen. Das Boot nahm spürbar mehr Fahrt auf, als Anne nun ihre Arme wieder sinken ließ. Paul beschlich eine leise Ahnung und er schaute achtern über die Reling.
‚Was zum …' Tatsächlich! Drei Delfine schoben die *Sirius* an. Unzählige ihrer Artgenossen schwammen zunächst nebenher, bevor sie sich in kurzen Intervallen abwechselten.
Vergnügtes Lachen drang an Pauls Ohren. Anne hatte großen Spaß daran, die eleganten, wendigen, auch verspielten Tiere zu beobachten. Gustav schien sich mit ihr zu freuen.
Beide Hände wieder am Ruder, normalisierte sich Pauls Puls allmählich und er zündete sich erst mal eine *Paramount* an. Anne verschwand kurz unter Deck und kam mit einem Glas *Redbreast* wieder nach oben.
Belustigt frech grinsend überreichte sie Paul nun den ordentlichen Schluck:
„Bitte sehr, der Herr."
‚Wie macht sie das nur?'
„Danke, Sonnenschein. Für alles!", nahm er den Drink in einem Zug.

Besorgt bemerkte er da die dunklen Schatten unter Annes Augen. War sie gerade jäh gealtert?

„Siebeneinhalb seit vorhin!“, rief Anne später vom Kartentisch herüber. Paul fixierte das Steuerrad mit einem kurzen Seil.
„Okay, wo sind wir gerade?“, wollte er unter Deck von seiner Copilotin wissen.
„Hier“, markierte diese mit dem Finger einen Punkt auf der Seekarte. Unweit von Bergen.
‚Verdammt. Wirklich weit sind wir ja noch nicht gekommen.‘
Paul dachte besorgt an den Wasservorrat. Sie brauchten dringend Nachschub. Die Wahrscheinlichkeit, in der größeren Stadt Trinkwasser auftreiben zu können, war natürlich hoch. Auf, möglicherweise gar aggressive, Menschen zu treffen, allerdings ebenso. Und ein sich wenn auch langsam dem Hafen näherndes Boot würde mit Sicherheit schon von Weitem bemerkt werden.
„Können uns deine Freunde noch eine Weile helfen?“, hatte Paul da so eine Idee.
„Ja, so lange, wie ich es möchte“, meinte Anne.
„Okay, dann steuern wir hier hindurch und gehen in Manger an Land“, deutete Paul auf eine enge Passage zwischen zwei kleinen Bergen vorgelagerten Inseln.
„Ist gut. Ich denk ihnen Bescheid.“

Bei Einbruch der Dämmerung erreichten sie die enge Durchfahrt. Einige der solarbetriebenen Positionslichter funktionierten noch und sandten ihre roten und grünen Signale aus.
‚Man muss auch einfach mal nur Glück haben‘, war Paul sehr froh darüber, die Passage bei Nacht gefahrlos meistern zu können.
Im Morgengrauen würden sie Manger erreichen.

XV / II

Am Ende einer etwa dreihundert Meter langen, schmalen Bucht gab es einen kleinen Kai. Die Holzkonstruktion war perfekt dafür geeignet, die *Sirius* an ihr festzumachen.

„Ist das ein Neger?“, fragte Anne unvermittelt, während Paul dabei war, die Fahrräder von Bord zu holen.
„Wovon redest du da gerade?“, wusste er zunächst nichts mit der Frage anzufangen.
„Na, der Mann dort drüben“, deutete das Mädchen in Richtung eines ziemlich verrotteten Schuppens.
‚Verdammt‘, bemerkte nun auch Paul die schmächtig wirkende Gestalt und deren dunkelbraune Hautfarbe.
„Das ist definitiv ein Neger“, sah er nun auch, dass der Mann mit etwas, das er in seiner Hand hielt, ganz aufgeregt winkte. Eine Waffe schien es nicht zu sein.
Dennoch zog Paul eines der Messer aus dem Seitenfach seines Rucksacks und reichte es Anne.
„Behalte das hinter deinem Rücken in der Hand!“
Sich jetzt noch verstecken zu wollen, machte wirklich keinen Sinn. Dennoch gab er das Fünf-Finger-Zeichen. Äußerste Vorsicht!
Als wäre es in dieser Situation die normalste Sache der Welt, verstaute er in aller Ruhe so viele leere Plastikflaschen wie möglich in ihren Gepäckstücken.
In seinem Kopf aber herrschte alles andere als friedliche Ruhe, während er überlegte, wie man sich jetzt am besten verhalten sollte.
Der schwarze Mensch hatte zwar deutlich auf sich aufmerksam gemacht, traute sich aber offenbar nicht, sich den Ankömmlingen zu nähern.
‚Gut, der Braune hat genauso viel Schiss wie wir.‘
„Lass uns einfach losradeln“, machte Paul wieder eher sich selbst als Anne Mut und fuhr voraus in Richtung Schuppen, um dann nach links abzubiegen.

„Guten Tag. Wir sind nur auf der Suche nach Trinkwasser“, grüßte er den Fremden so beiläufig wie möglich.
„Halt! Stopp!“, rief dieser nun ganz aufgebracht. „Ihr könnt da nicht lang. Ist gesperrt.“
Tatsächlich war ein schwarz-gelbes Plastikband von Laterne zu Laterne über die Fahrbahn gespannt worden.
‚Oh Mann, ich werde es bereuen‘, stieg Paul dennoch vom Rad. Anne tat es ihm gleich.
Der Schwarzgelockte näherte sich nun einige Schritte. Paul erkannte jetzt, womit der Mann gewedelt hatte. Es war ein Notizbuch. In der Brusttasche seines knallgelben Hemdes steckte ein Kugelschreiber.
„Aha. Baustelle, oder was?“, machte sich Paul ein wenig lustig. Anne räusperte sich vorwurfsvoll.
„Schnee. Letzte Nacht. So hoch!“, breitete der offensichtlich Unterernährte seine dünnen Arme aus.
„Zu *Rema 1000* da lang“, wies er in die entgegengesetzte Richtung.
„Danke!“, schickte sich Paul an, den gezeigten Weg zum Supermarkt einzuschlagen.
„Nein, nein! Halt! Stopp!“, rief das Männlein da noch aufgeregter.
‚Ach du Scheiße. Was kommt jetzt? Hochwasser?‘, fragte sich Paul und war einigermaßen überrascht ob der weiteren Forderung des vielleicht eineinhalb Meter großen Dunkelbraunen.
„Ihr müsst euch anmelden!“
‚Alles klar. Mit E-Mail-Adresse und Passwort.‘
„Ich führe sehr genau Buch und registriere jeden, der hier vorbeikommt!“
„Die Wievielten sind wir denn auf deiner Liste?“, provozierte Paul. Anne räusperte sich erneut.
„Ihr seid die Ersten“, kam der Andere kleinlaut mit gesenktem Kopf näher. Paul vernahm den unangenehm säuerlichen Geruch mehrerer übereinander getrockneter Schweißschichten.

‚Hab ich mir so gedacht, du Knull.'
Aber sowohl Paul als auch Anne horchten auf, als der Mann fortfuhr:
„Bis auf dieses Ding. Wesen. Mensch, aber auch nicht. Jedenfalls hat es den Boden nicht berührt und es sprach ganz eigenartig, nur in Rätseln. Ich bin übrigens Bashir", erwartete dieser, für einen armen Irren gehalten zu werden.
„Den haben wir auch schon getroffen!", nahm Anne nach einem kurzen, doch peinlichen Moment des Schweigens intuitiv die Spannung aus der Begegnung.
„Also, da hoch und dann die Zweite rechts", klang Bashir, als wäre ihm gerade ein riesiger Findling vom Herzen gefallen.
„Ich registriere euch auf eurem Rückweg", wedelte er augenzwinkernd mit seinem Notizbuch.
Paul und Anne nickten respektvoll.

Die Schaufenster waren nicht eingeschlagen worden und die Eingangstür schloss sich dank eines Federmechanismus` immer wieder zuverlässig. Wahrscheinlich war der Supermarkt nicht zuletzt deshalb in einem erstaunlich guten Zustand. Natürlich summten etliche Fliegen herum und eine Handvoll Spatzen flatterte erschrocken auf, als Anne und Paul den *Rema 1000* betraten. Die meisten der Regale sahen jedoch aus, als wären sie erst vor Kurzem frisch aufgefüllt worden. Paul musste über die zahlreichen orange-roten Schilder, die auf Sonderangebote hinwiesen, schmunzeln. *3 für 2* schien hier einst besonders beliebt gewesen zu sein.
„Hier! Wasser", rief Anne, die gleich losgestürmt war, um den Markt zu erkunden.
‚Wow, perfekt', bereute Paul, nicht doch versucht zu haben, wenigstens einen der Anhänger auf dem Boot unterzubringen.
‚Warum haben wir eigentlich die leeren Pullen mitgenommen?'

Aber immerhin passten jeweils drei der Fünf-Liter-Flaschen und zwei Ein-Liter-Flaschen in ihre Rucksäcke. Je zwei der großen Behältnisse würden sie außerdem noch an die Fahrradlenker hängen können. Anne war schon wieder verschwunden und Paul wähnte, sie bei den Süßigkeiten zu finden. Sie hatte jedoch vor dem Hygiene-Regal Halt gemacht.
‚Verdammt! Das hätte ich doch merken müssen!'
„Oh, okay. Verstehe."
Annes Antwort war ein eher ratloser als peinlich berührter Augenaufschlag. Paul eilte zu einer der Kassen, um mit einigen Einkaufstüten zurückzukehren.
„Nimm diese", füllte er zwei davon mit Slipeinlagen und knotete sie an seinen Rucksack. Auf dem Weg nach draußen griff sich Anne noch zwei Bücher von Jo Nesbø aus dem Ramschkorb.
„Na, dann wollen wir uns mal ordnungsgemäß registrieren lassen!", fuhr Paul lachend voran.

„Hierher!", wartete Bashir offensichtlich schon freudig ungeduldig auf Paul und Anne.
„Ich hab was zu essen vorbereitet. Bitte seid meine Gäste!"
Was auch immer dort über dem offenen Feuer auf Holzspießen garte, roch einfach wunderbar. Nach Fleisch. Auch Bashir lief offenbar in Erwartung der leckeren Mahlzeit das Wasser im Munde zusammen. Ein solches Essen würde wohl keinem der Anwesenden schaden.
„Das ist sehr nett und großzügig", setzten sich Paul und Anne also zu ihrem Gastgeber auf die Europaletten, die vorhin noch nicht dagewesen waren.
„Trinkst du Aquavit?", wandte sich Bashir an Paul. „Und für dich vielleicht eine *Cala*?", fragte er Anne.
Die Gäste nahmen das Angebot bejahend gerne an. Auf der Dose, die Anne gereicht bekam, stand tatsächlich *Coca-Cala*.
‚Merkwürdig', dachte Paul. ‚Aber was ist eigentlich inzwischen nicht merkwürdig?'

Natürlich erfolgte dann die immens wichtige Registrierung. Paul gab ihre beider Namen preis, woher sie kamen und dass sie nach Norden wollten. Bashir notierte alles akribisch in seinem Notizbuch.

„Was ist das eigentlich?“, biss Paul später heißhungrig genüsslich in das Fleisch am Spieß.
„Eichhörnchen.“

Als sich die Sonne langsam vom Tage verabschiedete und sich hinter den Bergen im Landesinneren versteckte – und nach einigen weiteren Schnäpsen –, begann Bashir, von sich zu erzählen:

Es war harte Arbeit. Beinahe achtzehn Stunden täglich. Doch seine Familie trotzte dem kargen Boden rund um das kleine Kaff im Norden Malis mehr ab, als sie zum Überleben brauchte. Sie konnte sogar zwei Ziegen und fünf Schafe durchbringen. Den erwirtschafteten Überschuss tauschte sie auf dem sechsunddreißig Kilometer entfernten Markt gegen *CFA-Franc BCEAO*.

Eines Tages kamen Männer in Geländewagen von *Toyota*. Die verschonten zwar das Leben der Menschen, doch den Tieren schossen sie mit russischen Gewehren, geladen mit chinesischer Munition, in die Schädel. Die Kadaver landeten auf den Ladeflächen der Fahrzeuge. Sechs der brutalen Räuber fanden Gefallen an einer von Bashirs jüngeren Schwestern. Auch nachdem die Marodeure alles auf den Kopf gestellt hatten, fanden sie wenigstens nicht das koloniale Bargeld, das seine Eltern vergraben hatten.

Einige Tage danach, kurz nach seinem fünfzehnten Geburtstag, machte sich Bashir, ältestes Kind seiner Eltern, mit all den Ersparnissen gen Norden auf. Er wollte irgendwie nach Europa gelangen. Sich dort ein Leben aufbauen und die Familie daheim finanziell unterstützen.

Tränenreich hatte er sich schweren Herzens von seinen Eltern, seinen drei jüngeren Schwestern und den beiden jüngeren Brüdern verabschiedet.
Auf seiner entbehrungsreichen Reise traf er auf verständnisvolle, emphatische Menschen, die ihm halfen, per Esel, Dromedar und Jeeps von *Toyota* durch die algerische Wüste bis zur marokkanischen Grenze zu gelangen.
Nach zwei Tagen Fußmarsch wurde er von marokkanischen Sicherheitskräften aufgegriffen. Die bedrohten ihn mit amerikanischen Schnellfeuerwaffen, geladen mit Munition aus Saudi Arabien. Erst nachdem etwa ein Drittel von Bashirs Bargeld den Besitzer gewechselt hatte, ließen die Soldaten ihn weiterziehen.

Unterwegs putzte er in einem Hotel in einer Oase fast drei Monate für einen Hungerlohn die Toiletten. Immerhin kam Bashir hier wieder zu Kräften. Essen und Getränke konnte man in dem Urlauberdomizil jederzeit leicht abstauben.
Als er endlich genug Geld zusammengekratzt hatte, bestach Bashir den Chauffeur eines Touristenbusses und gelangte so an die Mittelmeerküste. Wieder hatte er einen erheblichen Teil seiner Ressourcen geopfert, bevor er in einem überfüllten Schlauchboot auf dem Mittelmeer unterwegs war. Nach zwei Nächten auf See nahm eine von der *Europäischen Union* finanzierte deutsche Fregatte im Auftrag der *UNESCO* die Menschenfracht an Bord und brachte sie nach Süditalien.
Bashir hatte Glück. Eine in ihren Ferien ehrenamtlich arbeitende Helferin aus Norwegen besorgte Papiere und half ihm, einen Asylantrag zu stellen. Nach sechs Wochen Bearbeitungszeit wurde Bashir endlich nach Norwegen gebracht und hier in Manger angesiedelt.
Er arbeitete zunächst als Lagerhelfer bei *Rema 1000*. Nebenher lernte er in einem Abendkurs vier Mal wöchentlich Norwegisch.

„Und dann dieser Mist hier“, beendete Bashir, seine Arme mit gen Himmel gerichteten Handflächen ausbreitend, die Schilderung seiner Odyssee. „Ihr könnt hier im Schuppen schlafen. Ich hab zwei Campingliegen für euch aufgebaut“, stellte er noch in Aussicht.
‚Eine Nacht auf festem Boden kann nicht schaden‘, nahm Paul das Angebot dankend an.
‚Welch Glück ich in meinem Leben doch hatte!‘, dachte er bei sich.

„Er tut mir leid“, flüsterte Anne später.
„Er ist sehr mutig. Trotz allem gastfreundlich. Er hat Besseres verdient!“, ergänzte Paul leise.

XVI

In der Nähe von Moskau, Union der sozialistischen Sowjetrepubliken.
19. Juli 1951.

Nur die oberste Führungsriege der *Préservation* hatte sich zum erst zweiten offiziellen Gipfeltreffen nach dem Zweiten Weltkrieg zusammengefunden. Was nicht bedeutete, dass die Mitglieder der Geheimgesellschaft während des sich verschärfenden Kalten Krieges zwischen Ost und West in den vergangenen sechs Jahren untätig gewesen waren. Viele entscheidende Impulse hatten ihren Ursprung in häufigen heimlichen Treffen kleinerer Gruppen.
Man verfügte weiterhin über unvorstellbar große Bargeldreserven, tonnenweise Gold, Platin und Rohdiamanten, in den Schweizer Alpen eingelagert. An vielen Großunternehmen hielt man inzwischen die Aktienmehrheit. Banken, die mittlerweile zu den mächtigsten der Welt gehörten, waren gegründet worden. Viele einflussreiche Politiker hatte man ebenso wie mehrere tausend unterstützende Mitarbeiter rekrutiert. Kontinuierlich war immer mehr Grundbesitz, vor allem in Europa, erworben worden. Die beiden größten Nachrichtenagenturen wurden praktisch von der *Préservation* kontrolliert. Mit Unsummen wurden medizinische Forschung, Raumfahrtprogramme und die Entwicklung elektrischer Datenverarbeitungsgeräte gefördert.
Die drei Frauen und acht Männer, den Gastgeber Pjotr Pawlov eingeschlossen, saßen nun im Garten hinter dem Sommerhaus des sowjetischen Ministers für Verkehr und Transportwesen beisammen.

Sie genossen Cocktails zum sich langsam ankündigenden Sonnenuntergang.
„Es muss doch möglich sein, diesen heuchlerischen, machtbesessenen Scheißkerl loszuwerden!“, schlug Pawlov im Grunde Stalins Ermordung vor und zündete sich eine kubanische Zigarre an.
Darüber, dass dieser Diktator so schnell wie möglich von der Bildfläche verschwinden müsste, waren sich alle Anwesenden einig. Pawlov rechnete sich insgeheim auch gute Chancen auf Stalins Nachfolge aus und wollte sein Nebeneinkommen aus dem Transport von Waffen und illegalen Substanzen jeglicher Art langfristig sichern.
„Ich könnte das in die Wege leiten“, nippte eine Frau in fortgeschrittenem Alter an ihrem Glas.
Die grauhaarige Engländerin war circa eineinhalb Meter groß und etwa ebenso breit wie hoch. Aber nicht nur deshalb wurde sie hinter vorgehaltener Hand Eiswürfel genannt. Ihre Ideen und Taten entsprangen einer beispiellos brutalen Kaltherzigkeit. Natürlich konnte man es nicht beweisen, doch ging jeder hier davon aus, dass das rätselhafte Verschwinden zahlreicher Atomforscher und Waffenentwickler auf ihr Konto ging.
„Wir sollten endlich Maßnahmen gegen die exponentiell wachsende Weltbevölkerung ergreifen“, brachte sie, wie schon so oft, ihr augenscheinliches Lieblingsthema zur Sprache. „Und ich meine etwas schnell und tiefgreifend Wirkendes! Dieser schwachsinnige Einfall mit der Geburtenkontrolle oder diese teuren Unfruchtbarkeitsimpfungen sind doch nur nervende Zeitverschwendung! Ganz zu schweigen von den sterilisierenden Chemikalien in Schokolade! Wofür haben wir denn weltweit Truppen stationiert? Die könnten für ihren Sold auch mal arbeiten!“
„Wir wissen ja, dass Sie diese Frage sehr beschäftigt. Aber schlagen Sie hier gerade wirklich Nazi-Methoden vor?“, fragte der russischstämmige Israeli, der Eiswürfel gegenübersaß ungläubig.

„Die waren in dieser Hinsicht jedenfalls effektiv!“, lehnte sich die Grauhaarige zurück und wandte sich eingeschnappt wieder ihrem Drink zu.
„Fakt ist doch aber, dass immer mehr Menschen immer mehr Ressourcen verbrauchen werden. Was sich verheerend auf die Umwelt, somit auf den ganzen Planeten auswirken könnte“, ergriff der blonde großgewachsene, kräftige Norweger am anderen Ende der Tafel das Wort. Er besaß eine kleine Fischfangflotte in Ålesund. Vor Kurzem war sein Spezialschiff zur Verlegung von Überseekabeln fertiggestellt worden und er nutzte das Netzwerk der Geheimorganisation, um entsprechende lukrative Aufträge an Land zu ziehen. Er hatte sich Schutz und Erhalt des südamerikanischen Regenwaldes auf die Fahne geschrieben.
„Schauen Sie sich nur an, was jetzt schon in Brasilien geschieht! Riesige Flächen Urwald werden gerodet, um Futter für Rindviecher anzubauen. Und alles nur, damit sich diese verblödeten Amis ihre Riesensteaks reinziehen können. Nichts für ungut“, wandte er sich an den Mann neben sich.
Schließlich wagte Andreas Molinar seinen Vorstoß. Der Deutsche baute an der Mosel in großem Stil Riesling an, aus dem er einen international viel gelobten Wein herstellte. Im Laufe der vergangenen zwei Jahre waren zahlreiche führende Köpfe der *Préservation* auf seinem Gut zu Besuch gewesen. In vertraulichen Einzelgesprächen hatte er seine Gäste für eine ganz andere Idee sensibilisiert.
„Vielleicht sollten wir einfach mal über unsere hohen Ansprüche nachdenken und sie gegebenenfalls anpassen.“ Andreas Molinar sprach leise, mit Bedacht, was die anderen dazu nötigte, umso aufmerksamer zuzuhören.
„Ich meine, welche unserer edlen Ziele haben wir denn schon in all den Jahren erreicht? Wie wäre es, wenn wir uns einfach ein schönes Fleckchen Erde suchen und es uns und unseren Angehörigen es dort gut gehen lassen.

Und wen wir sonst noch lieben oder dabeihaben wollen. Solange die Welt noch nicht völlig den Bach heruntergegangen ist?“, beendete er seine Ausführungen.

Rettung der Regenwälder wurde spät nachts wenig ambitioniert auf die Agenda der Geheimorganisation gesetzt.

XVII

Bashir überkam Traurigkeit, als sich Paul und Anne verabschiedeten. Wusste er doch, dass er wieder viele Tage in Einsamkeit würde verbringen müssen.
Ein wenig neidvoll sah er der auslaufenden *Sirius* nach und fragte sich, was das Boot antrieb. So ganz ohne Motorkraft oder gesetzte Segel. Aber nur ganz kurz. Auch er nahm inzwischen so manche Merkwürdigkeit einfach hin.

Mithilfe der Delfine erreichte die Yacht offenes Meer, als die Sonne an ihrem höchsten Punkt am Himmel thronte. Paul war froh über den aufgestockten Trinkwasservorrat und seine Laune erhellte sich nochmals deutlich, als endlich Wind aufkam und sich Segelsetzen tatsächlich lohnte. Die Küste in Sichtweite steuerten sie weiter in nördliche Richtung.
Anne entließ die treuen Delfine und routinemäßig wechselten sie und Paul sich am Ruder ab. Wobei Anne offenbar Gefallen an der Dunkelheit fand und daran, das Boot durch den größten Teil der Nacht zu lenken. Paul hatte deswegen keinerlei Bedenken. Hatte sein Mädchen doch einen unglaublich guten Orientierungssinn. Außerdem hatte sie sich mit Sicherheit jedes noch so kleine auf den Seekarten verzeichnete Detail eingeprägt. So hatte sich Paul angewöhnt, ganz entspannt zu einem wohligen Schluck *Redbreast* eine oder zwei *Paramount* zu rauchen, bevor er sich schlafen legte. Anne mochte insgeheim dieses Ritual.

„Achtundzwanzig seit Manger!“, rief Anne am nächsten Morgen, um Paul aus seinen Träumen zu holen.
‚Verdammt, ich hab meine Wache verschlafen.‘
„Du hättest mich früher wecken müssen!“, meinte er schlechten Gewissens.

„Schon gut“, erschien in Annes Gesicht ein verschmitztes Lächeln.
‚Macht sie sich gerade über mich lustig?‘, tapste Paul noch ganz verschlafen an Deck.

Die Lufttemperatur war sowohl tagsüber als auch des Nachts angenehm mild. Der Wind wehte stetig aus West bis Südwest.
„Wo sind wir gerade?“, fragte er einige Tage später. Anne markierte auf einer der Karten eine Stelle unweit von Ålesund.
„Das sieht gut aus. Wir besorgen hier Trinkwasser“, tippte Paul auf den Ortsnamen auf der Karte. „Wenn der Wind so beständig bleibt, könnten wir morgen Mittag den Hafen erreichen.“

Paul sollte Recht behalten, doch wollte er nicht wieder so überrumpelt werden wie in Manger von Bashir. Während die *Sirius* sich langsam der Hafeneinfahrt näherte, suchte er also mit dem Fernglas, das er im Schubfach unter dem Kartentisch gefunden hatte, das Ufer ab.
‚Sehr gut. Kein Mensch zu sehen‘, entschied er sich dafür, einen der Stege direkt vor dem *Thon-Hotel* anzusteuern. Nachdem das Boot vertäut war, schnappten sich Paul und Anne ihr notwendiges Gepäck und noch einen großen Seesack, aus dem sie eines der Reservesegel entnommen hatten.
Der Haupteingang zum Hotel war, nur durch einen kopfsteingepflasterten Weg vom Ufer getrennt, keine dreißig Meter entfernt. Paul gab sicherheitshalber das Zwei-Finger-Zeichen, bevor er den schweren Flügel der Glas-Doppeltür nach innen aufdrückte. Kater Gustav tapste neugierig als Erster hindurch.
„Hier ist es aber stickig“, meinte Anne, die dem Kater sogleich folgte.
„Regelrecht klamm“, teilte Paul ihren ersten Eindruck, während sich Schweißperlen auf seiner Stirn bildeten.

Eine dicke Staubschicht bedeckte Teppichboden und Möbel.
‚Moment mal', nahm Paul eine Unregelmäßigkeit wahr und gab augenblicklich das mahnende Vier-Finger-Zeichen. Niedergetretene Fasern deuteten auf einen Trampelpfad auf dem hochflorigen Bodenbelag. Und das Sofa rechts hinten an einem der großen Fenster war weniger staubig als der Rest der zahlreichen Sitzgelegenheiten. Auf dem niedrigen Tisch davor waren etliche Glasränder zu erkennen.
„Wir sind möglicherweise nicht allein", flüsterte Paul seinem tapferen Kompagnon zu, nahm die Jagdmesser aus seinem Rucksack und reichte Anne eines davon. Vorsichtig, auf alles gefasst, gingen sie links von der Rezeption in den nächsten Raum. Der war eine Art Gemeinschaftszimmer. Ein riesiges Display war an einer der Wände befestigt. Regale mit Gesellschaftsspielen befanden sich an der gegenüberliegenden. Schwere urgemütliche Ledersessel standen an niedrigen Clubtischen mit Kerzenständern und Teelichthaltern darauf. Rechter Hand gab es einen verzierten Kamin aus Marmor. Es machte den Eindruck, als wären die in ihm gestapelten Holzscheite vor nicht allzu langer Zeit verkohlt.
Gustav sprang zunächst auf einige der Tische, um es sich dann auf einem der Sessel gemütlich zu machen. Paul konnte Anne gerade noch davon abhalten, blindlings zum Bücherregal in der gegenüberliegenden Ecke zu eilen.
„Keinen Schritt weiter!"
‚Verdammt!', erschreckte sich Paul so heftig über die Stimme, dass seine Zehen kribbelten. Gleichzeitig ärgerte er sich darüber, doch wieder so arg überrascht worden zu sein.
„Uhmnh", lief offenbar ein kalter Schauer über Annes Rücken.
Gustav machte mit gesträubtem Fell einen Buckel und gab bisher noch nie gehörte Laute von sich.

„Wer seid ihr und was wollt ihr hier?"
„Schon gut!", wandte sich Paul eher an Anne, deren Augen unter ihren geschlossenen Lidern zu zittern begannen, denn an die Fragestellerin.
„Ich bin Paul und die Kleine hier ist Anne. Wir sind auf der Suche nach Trinkwasser und Essbarem."
„Alles, was ihr bei euch habt, auf den Boden legen!"
Paul und Anne gehorchten und legten Rucksäcke und Messer auf den Teppich.
„Ganz langsam umdrehen!"
Auch wenn das Erste, das Paul sah, ein Besenstiel war, an dessen Ende mit Gaffatape ein Filetiermesser befestigt worden war, war er sich sicher, die Situation entschärfen zu können. Nicht, weil die drohende Stimme die einer Frau war. Vielmehr wegen der Unsicherheit verratenden Schwingungen darin. Dennoch liefen Szenen aus diversen Actionfilmen in seinem Kopf ab, während er sich überlegte, wie ein Angriff mit dieser Stichwaffe am besten abzuwehren wäre.
‚Was zum ...', bemerkte Paul nun Annes Handbewegung. Sie winkte einem Jungen zu, der hinter der Fremden neugierig um die Ecke lugte.
„Verdammt, Søren! Kannst du nicht einmal auf mich hören?", warf die Frau resignierend, offensichtlich aber auch erleichtert ihren bemesserten Besenstiel zu Boden.
„Ich bin Synnoeve und das ist mein Sohn Søren", deutete sie mit ihrem Daumen hinter sich. Paul und Anne atmeten erleichtert aus.
„Du siehst schön aus!", trug der kleine Søren sein Herz auf der Zunge und ging furchtlos erfreut auf Anne zu. „Komm, ich zeig dir meine Spielsachen", ergriff er ihre Hand. Die beiden verschwanden zwei Räume weiter durch eine Tür.
„Lust auf Tee?", fragte Synnoeve, bevor sich peinliche Stille im Kaminzimmer ausbreiten konnte.
Paul konnte sein Gegenüber nun entspannt etwas genauer betrachten. Es war eine nicht sehr hochgewachsene, recht zierliche Frau, vielleicht Mitte dreißig.

Sie hatte große dunkle Augen. Erstaunlich akkurat geschnittenes schulterlanges, dunkelblondes Haar schmeichelte ihrem Gesicht.
„Gibt es auch Kaffee?“, versuchte Paul, charmant zu lächeln.

Einige Minuten später, ab und an war fröhliches Kinderlachen aus augenscheinlich Sørens Spielzimmer zu hören, saßen die Erwachsenen bei Kaffee mit viel Zucker, Wodka und Smalltalk beisammen. Schließlich stellte Paul die Frage aller Fragen:
„Was hast du am sechzehnten August 2024 gemacht?“
Als würde endlich ein maroder Damm brechen, entkamen Synnoeves angestaute Gefühle, Fragen, Gedanken, Ängste und Sorgen, Erinnerungen und Hoffnungen in Worte gekleidet, zu Stimme geworden nun ihrem trockenen Mund:
Sie hatten sich seit dem Kindergarten gekannt und waren in derselben Schulklasse gewesen. Schon immer hatten sie sich zueinander hingezogen gefühlt. Am Abend des Schulabschlussballs waren sie ein Paar geworden. Am vierzehnten August 2024 hatte Synnoeve in Bergen ihre große Liebe Ove geheiratet. Einen Tag später reisten sie hierher, um in diesem Hotel ihre Flitterwochen zu zelebrieren.
„Am Tag der Merkwürdigkeit entspannten wir uns in der Sauna und gönnten uns im Spa eine Rückenmassage. Wie kleine Kinder alberten wir dann plantschend im Pool herum, haben uns gegenseitig untergestukt. Als ich das letzte Mal auftauchte, waren mein Mann und auch alle anderen verschwunden. Am Beckenrand lag verstreute Kleidung zwischen kleinen grauen Aschehäufchen. Oves Badehose trieb im Wasser. Achteinhalb Monate danach hab ich diesen ungehorsamen frechen Bengel aus mir herausgepresst“, machte Synnoeve eine Kopfbewegung in Richtung Spielzimmer.
Sie nahm einen ordentlichen Schluck Wodka.

‚Respekt', empfand Paul schweigend. Aber auch Mitleid. Nicht wenig mit sich selbst, musste er sich eingestehen. Erinnerte ihn der Bericht der tapferen Frau doch an seine Carolin.
Bei seinem letzten Besuch in Deutschland hatten sie sich Tattoos stechen lassen, was im Grunde einer Verlobung gleichkam. Bei ihrem nächsten Treffen wollte er ganz traditionell und romantisch vor ihr auf die Knie gehen und sie fragen, ob sie ihn heiraten mochte. Doch dazu kam es leider nicht mehr.
Paul schenkte von der farblosen Spirituose nach.
„Auf die Liebe!"
„Mama, Mama!", kam da Søren ganz aufgeregt herbeigeeilt. „Meine Autos können fliegen!"
„Ja, ich weiß, mein Schatz. Du hast eine blühende Fantasie", nahm ihn seine Mutter in die Arme.
„Doch, wirklich! Anne hat gemacht, dass sie im Kreis fliegen", beharrte der Junge.
Synnoeve küsste ihren Sohn liebevoll auf die Stirn. Schließlich gesellte sich auch Anne zu ihnen. Paul versuchte sogleich, ihr mit den Augen zu sagen, sie möge diesen Unfug lassen.
„Als ich so alt war wie du, hatte ich ein fliegendes Feuerwehrauto", wollte er ablenken und hoffte, sein Lachen würde nicht allzu gekünstelt klingen.
„Wenn ihr die Zimmer durchstöbern wollt, fangt bitte ganz oben an. Ich hab von hier bis einschließlich achte Etage schon alles abgegrast. Der Generalschlüssel liegt auf dem Tresen im Foyer. Aber geht nicht in Sechzehn-null-vier! Dort kam dieser kleine Racker zur Welt", bat Synnoeve.
„Danke für das Angebot. Dann werden wir euch mal eine Weile alleine lassen", verstand Paul den Wink.

‚Na, das kann ja heiter werden', dachte sich Paul, als er mit Anne im Treppenhaus die Stufen bis zum siebenten Geschoss erklommen hatte.

„Nur noch dreizehn", machte er mal wieder eher sich selbst als seinem Mädchen Mut.
‚Verflucht noch eins! Ich bin zu alt für solchen Scheiß', musste er sich ziemlich außer Atem endlich in der zwanzigsten Etage angekommen eingestehen. Sogar Anne standen Schweißperlen auf der Stirn.
„Okay, wir klappern das Stockwerk im Uhrzeigersinn ab, bis wir wieder hier am Treppenhaus sind", öffnete Paul nach einer kurzen Verschnaufpause die erste Zimmertür: Zwanzig-null-eins. Anne klimperte mit ihren schwarzen langen Wimpern und machte diesen süßen Schmollmund, der stets verriet, dass sie konzentriert über etwas nachdachte. Als würde sie ihr Gehirn wie ein Archiv oder eine Bibliothek durchsuchen.
„Uhrzeigersinn?", fragte sie schließlich leicht verunsichert, schamhaft ihre Fingernägel betrachtend.
‚Womit habe ich dieses Geschenk des Universums nur verdient?', betrachtete Paul dankbar dieses zauberhafte Wesen. Sein Mädchen.
„Wir gehen so, dass die Zimmer links von uns sind."
Ein Blick nach rechts verriet ihm, dass diese Etage siebenundzwanzig Zimmer hatte. „Lass uns loslegen. Vielleicht schaffen wir diesen Flur, noch bevor es dunkel wird."
Zimmer Zwanzig-null-eins schien zur Zeit des Ereignisses nicht belegt gewesen zu sein. Paul steuerte zielgerichtet die Minibar an. Die ersten zwei kleinen Fläschchen Wasser landeten im mitgebrachten Seesack. Paul trank noch schnell die 0,125 Liter *Jack Daniel´s* und warf die kleine Tüte mit gesalzenen Erdnüssen auch hinein. Die nächsten Räume waren gleichsam unberührt.
Wasser, Erdnüsse und *Toblerone* landeten im Gepäck. In Zwanzig-null-vier gönnte sich Paul den Wodka.
In Zwanzig-null-fünf empfingen die beiden zwei Häufchen Asche, ein Stringtanga und eine Boxershort auf dem riesigen Doppelbett.
‚Nicht die schlechteste Art abzutreten', dachte Paul.

„Was ist das denn?“, fragte da Anne auf einen goldfarbenen zylindrischen, metallenen Gegenstand deutend.
‚Verdammt!‘, war Paul allein schon von der Vorstellung, seiner Anne Sinn und Zweck eines Dildos erklären zu müssen, gelinde gesagt überfordert.
„Ach, das. Ähm ... Das ist ein Massagestab“, überkam ihn Verlegenheit.
Anne schien wieder ihre Wissensdatenbank zu durchforsten, legte ihre Stirn in Falten und lächelte schließlich auf eine Art, die Paul bisher noch nicht kannte.
‚Was zum ...!‘
Das Gespann klapperte weiter die Gasträume ab, bis Anne in Zwanzig-fünfzehn meinte:
„Ich muss mal pullern!“
„Ja geh halt ins Bad“, ermutigte Paul das Mädchen.
Tatsächlich war nach so langer Zeit noch eine Ladung Spülwasser vorhanden. Verrückte Welt ...
‚Gut, zu wissen‘, nahm er sich vor, sich in einem der nächsten Zimmer ebenfalls zu erleichtern.
Offenbar waren die Gäste dieses Gemaches mit Kindern angereist gewesen. Anne tauschte ihr verschwitztes T-Shirt gegen ein sauberes mit Snoopy-Motiv. Sie packte auch das Buch, das auf dem Nachttisch lag, in ihren Rucksack.
„Lass uns hier übernachten“, schlug Paul in Zwanzig-zweiundzwanzig vor, als sich Mond und Sterne am dämmernden Himmel zeigten. Die beiden Einzelbetten muteten einladend an wie gerade frisch bezogen.
Dankbar warf sich Anne auf eines und fiel bald in tiefen Schlaf. Paul verputzte noch die Erdnüsse und trank einen Riesling aus der Minibar, bevor auch er dem Verlangen seines Körpers folgte und ins Land der Träume reiste.

Er erklomm eine steile Treppe und wollte sich am Geländer abstützen. Das aber war marode und gab nach.

Er fiel ins Bodenlose. Kurz bevor er aufschlug, schreckte Paul hoch.

Anne saß auf dem Rand ihres Bettes und schaute schon eine ganze Weile durch den Diabetrachter, während sie Erdnüsse und Schokolade naschte.
„Es ist jetzt immer am selben Ort!"
„Was? Ja, wünsche dir auch einen guten Morgen", stammelte Paul, noch immer ganz benommen von seinem Traum.
„Es sieht immer noch unterschiedlich aus, aber es ist jetzt nicht mehr an verschiedenen Orten."
„Ach, das", versuchte Paul, einigermaßen zu sich zu kommen. „Lass uns weitermachen", regte er an, nachdem es ihm gelungen war.

Immer mehr Fläschchen Trinkwasser aus den Minibars landeten im Gepäck. Aber auch Wodka, Wein, geröstete salzige Erdnüsse und Schokolade. In zwei Zimmern ließen sich sogar noch kleine Tüten Kartoffelchips mit Käse- und Zwiebelgeschmack finden.
Eine Etage tiefer fand Anne in der Schublade eines der Nachttische in Neunzehn-null-neun die Hotelausgabe der Bibel.
‚Oh mein Gott!', amüsierte sich Paul zunächst über sein Gedankenwortspiel, bevor ihm peinlich bewusst wurde, dass er dieses Werk noch nie gelesen hatte. Gefährliches Halbwissen, hätte Carolin ihm wohl attestiert. Nun würde er das Buch wohl doch noch widerwillig lesen müssen, um später mit Anne darüber diskutieren zu können.
Zahlreiche Aschehäufchen, herumliegende Kleidung, Spuren einst existierten menschlichen Daseins später, nachdem Paul und Anne das neunzehnte Stockwerk abgeklappert hatten, beschlossen die beiden angesichts des inzwischen recht beachtlichen Gewichtes ihres Gepäcks, wieder ins Foyer hinabzusteigen.

**Zu Dieben werden aus Gelegenheit
zwei Seelen.
Sie nutzen ihre kurze Zeit,
einander zu bestehlen.**

Unten angelangt, verließen sie zunächst das Gebäude und gingen hinüber zur *Sirius*. An Bord brachten sie, was sie eingesammelt hatten, in den Stauräumen unter. Anne biss heißhungrig in eine Tafel Schokolade. Paul nahm noch einen Wodka, bevor die beiden wieder zurück ins Hotel gingen.

Synnoeve und Søren vertrieben sich gerade im Kaminzimmer mit einem Kartenspiel die Zeit.
„Ah, da seid ihr ja! Ich dachte schon, ihr hättet euch ohne Verabschiedung davongemacht“, rief Synnoeve eine Spur zu freundlich. Oder gar aufgeregt? Wobei sie insbesondere Paul mit ihren großen Augen anstrahlte.
„Hallo Anne!“, freute sich auch Søren und kraulte Kater Gustavs Bauch.
„Wir haben gehofft, noch ein oder zwei weitere Etagen abgrasen zu dürfen“, machte Paul keinen Hehl aus seinen Absichten.
„Ja, macht nur. Aber das hat doch sicher Zeit bis morgen. Ihr könntet beide einen ordentlichen Haarschnitt vertragen! Ich bin – war – Frisörin“, bot Synnoeve an.
„Bei dir, Kleines, wenigstens die Spitzen. Zwei, drei Zentimeter?“, bemerkte sie offenbar Annes skeptisch widerwilligen Gesichtsausdruck. Nach einer Minute Bedenkzeit willigte diese schließlich ein und war als Erste an der Reihe.
‚Was zum ...‘, glaubte Paul, Verliebtheit in Sørens Augen zu erkennen, der seinen Blick gar nicht mehr von Anne abwenden mochte.
„Das ist toll! Dankeschön!“, war Anne freudig lächelnd etwas später offensichtlich sehr zufrieden mit dem Ergebnis und eilte kichernd mit Søren und Kater Gustav ins Spielzimmer.
‚Hoffentlich lässt sie nicht wieder irgendwas herumfliegen‘, hoffte Paul.
„Na los! Jetzt du“, forderte Synnoeve diesen nun auf, sich auf den Stuhl hinter der Rezeption zu setzen.

Hier waren einige Quadratmeter des Bodens gefliest, was später das Zusammenfegen der abgeschnittenen Haare erleichtern würde.
„Bei dir das volle Programm, einschließlich Bart, würde ich sagen. Hoffentlich wird die Schere nicht stumpf!“, scherzte Synnoeve gen Paul.
Routiniert verpasste sie seinem Kopfhaar einen feschen Kurzschnitt mit Fasson. Natürlich nahm er wahr, dass ihre filigranen Finger manchmal länger als nötig seine Ohren und seinen Nacken berührten. Wie beiläufig legte sie ab und an ihre Hand auf seine Schulter. Auch beim Stutzen seines Bartes ließ sie ihre Finger gern an seinen Koteletten verweilen. Als sie sich seinen Augenbrauen widmete, war es eindeutig. Sie streichelte dabei sanft über seine Wangen. Paul war zunächst nicht ganz sicher, was er davon halten sollte. Hielt er sich doch nicht für besonders attraktiv.
‚Vielleicht ja doch‘, sah er sich nun die Frau, die vor ihm stand, unter anderen Vorzeichen an.
Synnoeve war schlank. Lange Haare rahmten schmeichelhaft ihr schmales Gesicht mit der zierlichen Nase und den markanten Wangenknochen. Das Kleid, das sie trug, verschleierte nicht ihre körperlichen Reize. Ihre Brüste schienen klein und fest zu sein.
‚Hat sie gerade steife Nippel?‘, ließ Paul nun seinen Blick unverhohlen an ihr hinabwandern. Erst jetzt nahm er ihre atemberaubend schmale Taille wahr und ihre langen Beine.
‚Passiert das gerade wirklich?‘, bekam er prompt eine Erektion. Synnoeve ging, als hätte sie nur darauf gewartet, vor ihm auf die Knie, öffnete Gürtel, Knopf und Reißverschluss seiner Jeans und brachte es fertig, geschickt und flink seinen steinharten Schwanz freizulegen.
Paul war schon lange nicht mehr auf irgendeine Weise sexuell aktiv gewesen und sah nun seine pralle Eichel von Synnoeves erotischen Lippen umschlungen.

Es brach in schier endlosen Wellen aus ihm heraus.
„So, der Haarschnitt ist fertig“, wischte sie danach mit dem Handrücken über ihren Mund.
‚Scheiße geil!‘, hatte Paul noch immer einen Ständer und entledigte sich noch lange nicht satt seiner Jeans und Unterhose.
„Komm her!“, streifte er seiner sexy Frisörin das Kleidchen hoch und ihren Slip runter. Paul drang genussvoll in ihre Feuchtigkeit, als sie sich auf seinen Schoß setzte. In dieser Runde kamen beide auf ihre Kosten.
„Wir würden gern noch bleiben“, grinste Paul schelmisch.

Später saßen alle in dem gemütlichen Raum mit dem Kamin beisammen. Anne und der Junge neckten Kater Gustav mit einem Stück Wollfaden. Synnoeve und Paul schwelgten in Erinnerungen aus der Zeit vor dem Ereignis und tranken Wodka.
„Wie wäre es zur Feier des Tages mit einer warmen Mahlzeit? Wir könnten den Kamin anwerfen!“, schlug die Dame des Hauses vor, als sich die Sonne vom Himmel zurückzog, um sich von ihrem Tagespensum zu erholen.
„Au ja! Nudeln!“, begeisterte sich Søren unmittelbar.
„Nudeln wären toll!“, bemerkte Paul Synnoeves fragenden Blick.
„Wir finden sicher noch Konserven mit ungarischem Gulasch“, ergänzte diese.
„Wo kann ich hier unten mal auf Toilette gehen?“ Anne sah aus, als würde sie eine schnelle Antwort gut gebrauchen können.
„Ich zeig´s dir!“, lief Søren auch schon voraus.
„Da drüben. Und hier ist Wasser zum Spülen drin“, wies er eine Treppe tiefer im Spa-Bereich auf einige gefüllte Eimer.
„Du kannst mir helfen“, nahm Synnoeve nun Pauls Hand und führte ihn durch die Küche des Hotels zu den Lagerräumen.

Und mit einem:
„Oh, das solltest du lieber nicht tun!“, hielt sie ihn davon ab, die Tür zu einem der Kühlräume zu öffnen. Paul gehorchte.
„Wow!“, staunte er gleich darauf in einer der großzügigen Speisekammern angesichts der riesigen Menge an Vorräten.
„Und das ist nur eines von fünf solcher Depots“, nahm die Frau neben ihm zielgerichtet eine Packung Fusilli aus einem der Regale und eine Dose mit Gulasch aus einem anderen. Paul entdeckte ein großes Glas mit in Olivenöl eingelegten gegrillten Paprika.
„Komm mit! Ich will dir was zeigen“, meinte Synnoeve, nachdem alles vor dem Kamin abgestellt war.
Sie führte Paul durch den Frühstücksraum, dann quer durch das Restaurant und schließlich die Stufen einer schmalen Treppe hinab. Auf dem Beistelltischchen neben einer unscheinbaren Tür fanden sich Streichhölzer und zahlreiche Kerzen.
„Eine du, eine ich“, entzündete Synnoeve zwei davon und ging durch die Tür voraus.
Nachdem sich seine Augen an den spärlichen Schein der Kerzen gewöhnt hatten, fühlte er sich wie in den Gewölbekeller einer mittelalterlichen Burg versetzt, bevor er die meterlangen Weinregale wahrnahm. Staunend schritt er die Reihen gut sortierter Kartons und Flaschen ab.
‚Das gibt’s doch nicht!‘, blieb er vor einem Glasschrank mit diversen Riesling-Sorten stehen. Er zögerte. Fragte er sich doch, was Carolin dazu sagen würde, wenn er diesen edlen Tropfen mit einer anderen Frau tränke. Schließlich nahm er dennoch eine der Schankschachteln mit den drei Liter fassenden Plastikbeuteln darin an sich.
Schwedhelm Riesling.
Carolins Lieblingswein.
„Der soll es sein?“, fragte Synnoeve.
„Muss!“

„Søren und ich machen Feuer und kümmern uns um das Essen“, bot sie etwas später an. „Du könntest Spülwasser für die Toilette holen“, bat sie Paul.
„Ich mach das! Ich weiß ja, wo alles ist“, war Anne längst unterwegs.
„Könntest du dann schon mal einen Tisch im Speisesaal decken?“, betraute Synnoeve Paul nun mit einer anderen Aufgabe.
Dieser wählte eine Tafel mit sechs Stühlen direkt am Fenster. Von hier konnte man den kleinen Hafen sehen. Auch die *Sirius*. Er schüttelte den Staub aus dem weißen Tischtuch und legte es gewendet wieder auf. Akkurat. Mit gleichem Überhang an allen vier Seiten. Er fand vier dunkelrote Kerzen, die in schwarzen Haltern steckten, und stellte diese in einer Reihe in die Tischmitte. Tiefe Teller entdeckte er in einem Servierwagen, in dessen Schubfach auch Gabeln und große Löffel zu finden waren. Paul nahm jeweils vier davon und platzierte alles ordentlich auf dem Tisch. Salz- und Pfefferstreuer holte er aus dem Frühstücksraum.
‚Hm. Irgendwas fehlt. Ja natürlich!‘, besorgte er zwei Wein- und vier Wassergläser aus der Küche und nahm auch gleich noch dunkelgrüne Servietten mit.
‚Sieht schon mal gut aus‘, war Paul mit dem Ergebnis zufrieden und schickte sich an, die Kerzen zu entzünden.
‚Was zum …‘, fiel ihm da endlich auf, dass es gar nicht wirklich dunkel war. Ungewöhnlich zu so später Stunde. Die Sonne war längst untergegangen. Während er überlegte, ob es dem nördlichen Breitengrad, der Jahreszeit oder beidem geschuldet war, brachte Synnoeve einen riesigen dampfenden Topf Gulaschsuppe mit Nudeln herbei. Søren folgte ihr mit einem Untersetzer aus Schiefer, einer Kelle und zwei Fläschchen Wasser. Anne stellte zwei große Tassen mit ordentlich gesüßtem, frisch aufgegossenem Fencheltee auf die festliche Tafel.
„Ach, Mensch. Der Wein!“, eilte Paul ins Kaminzimmer, um den Riesling zu holen.

„Das ist wunderschön!", betrachtete Synnoeve die im gelblichen Schein der Kerzen funkelnden Kristallgläser auf der von Paul so achtsam eingedeckten Tafel und füllte die Teller mit der köstlich duftenden Suppe, als endlich alle am Tisch saßen. Paul schenkte ihr und sich Wein und den Kindern Wasser ein.
„Seht mal dort!", deutete er überrascht mit einer Kopfbewegung gen Fenster.
Als wäre das Hier und Jetzt nicht schon perfekt genug gewesen, streuten dort am Firmament zauberhaft grün fluoreszierende Polarlichter ihre Magie über diesen Moment.

Søren mampfte drauflos, als gäbe es kein Morgen.
„Das schmeckt wirklich gut!", konnte Paul nach einer Extraprise Salz seine Begeisterung nicht zurückhalten.
„Voll lecker!", stimmte Anne zu und gab Gustav unter dem Tisch ein Stückchen vom Rindergulasch.
„Danke. Aber das mit dem Paprika war auch eine wirklich gute Idee", lobte Synnoeve.
Viel gesprochen wurde während des Essens nicht.
Søren aß sich satt. Anne genoss das Mahl und versuchte, den vielfältigen Geschmacksnoten Namen zu geben.
Paul und die Frau, die ihm gegenübersaß, sahen sich ab und an vieldeutig in die Augen. Beide machten sich dieses harmonische Beisammensein ganz bewusst zu einer bleibenden Erinnerung.
„Auf Ove", erhob Synnoeve schließlich ihr Weinglas.
„Auf Carolin", stieß Paul mit ihr an.
„Gibt es Nachtisch?" Annes Frage war ein wenig frech, doch die Idee war gut.
„Ich geh schon." Paul wusste ja inzwischen, wo er suchen musste. Er war ziemlich lange weg, dafür brachte er zwei kleine Dosen Mandarinen und je eine Tüte Kokosraspel und Schokostreusel mit.
„Ach du meine Güte! Na, das kann ja was werden", war Synnoeve belustigt.

„Wart´s ab. Du wirst schon sehen“, war Paul sich sicher, mit dem Dessert überzeugen zu können.
„Hmmm, ja. Das wird lecker!“, stimmte Anne vorfreudig zu. Sie besorgte sogleich Schälchen und kleine Löffel.
„Das hätte ich nicht gedacht. Dazu passt sogar der Wein“, war auch Synnoeve wenig später vom Nachtisch eingenommen.

Die Kinder hatten sich vom Tisch entfernen dürfen und tobten nun, gefolgt vom Kater, lautstark irgendwo herum. ‚Solange sie vergnügte Laute von sich gibt ...‘, beruhigte sich Paul, der, immer, wenn er sein Mädchen nicht sehen konnte, besorgt unruhig wurde.
„Was glaubst du eigentlich, ist passiert?“, brachte Synnoeve schließlich das Ereignis zur Sprache.
„Ich hab keinen blassen Schimmer. Aber ich bin mir sicher, es hat was mit Wasser zu tun“, antwortete Paul.
„Mit Wasser? Wie das?“
„Also, das erklärt nicht das Verschwinden der Menschen. Eher das Gegenteil. Ich meine, die, die in dem Moment vollständig unter Wasser waren oder komplett durchnässt, sind noch hier.“
„Vielleicht ist es ja die Strafe Gottes.“
„Na ja, wenn ich an den glauben würde, wäre es wohl die plausibelste Erklärung für mich. So, wie die Menschheit mit der Erde und sich selbst umgegangen ist.“
„Dann sind vielleicht Außerirdische am Werk.“
„Ha, ja. An die glaub ich schon eher. Okay, wer weiß. Möglicherweise ist Gott ja ein Alien. Aber warum all das? Was wollen die? Und wo sind sie?“
„Dann hat jemand bei dem Versuch, die Weltherrschaft an sich zu reißen, Mist gebaut“, feixte Synnoeve.
„Oder das abartige Experiment eines durchgeknallten Wissenschaftlers ist schiefgelaufen“, stimmte Paul lachend ein.
Die Kinder schliefen. Anne in dem Zimmer neben Sørens. Synnoeve hatte eine Suite auf Etage drei vorgeschlagen.

Sie und Paul nutzten die Gelegenheit.
Die Nacht.
Einander.
Im magischen Glanz der Polarlichter deckten sie Nachholbedarf, befriedigten Bedürfnisse.
Bis gleißendes Sonnenlicht das Grün verblassen ließ.

Synnoeve schlief noch tief und fest, selig erfüllt von den Erlebnissen der Nacht, als Paul die Suite verließ. Nicht ohne den Anblick dieser in sich ruhenden Schönheit in sein Gedächtnis zu brennen.
‚Ja, natürlich!', war Anne schon lange wach, angezogen und startbereit.
In der achtzehnten und siebzehnten Etage des Hotels sicherten sich die beiden Wasser, geröstete Erdnüsse, Schokolade, salzige Kartoffelchips, Wodka und Wein. Paul musste immer an verarmte flaschensammelnde Rentner denken, wenn er angebrochene Zigarettenschachteln samt Feuerzeugen in seinem Gepäck verstaute.
In Siebzehn-null-zwei konnte Anne diesem knuddeligen, flauschigen Kuscheltier nicht widerstehen.
„Ernsthaft? Pandabären sind ziemlich dusslig", merkte Paul an.
„Egal! Der ist einfach süß!", verstaute Anne das plüschige Ding in ihrem Rucksack.
‚Süß doof', dachte sich Paul. ‚Aber auch eine gute Überlebensstrategie.' Bewusst eingesetzte entwaffnende „Naivität" hatte ihn in seinem Leben tatsächlich schon des Öfteren vor unschönen Repressalien und Schlimmerem bewahren können.

„Na, wart ihr erfolgreich?", empfing Synnoeve die schwer beladenen Jäger im Erdgeschoss.
„Das sollte uns einige Tage Überleben sichern!", deutete Paul augenzwinkernd auf die Tagesausbeute.
Hoch am Himmel stehend warf die Sonne machtvoll heiß blendendes Licht auf die Erde.

„Wir werden noch heute auslaufen", sah Paul Synnoeve unsicher verlegen in die Augen. Deren Antwort war ein nicht weniger verlegener Augenaufschlag, bevor sie Paul von Kopf bis Fuß betrachtete, um sich jede Einzelheit für später einzuprägen.
‚Wenn du wüsstest ...', hatte Paul da jede Sekunde der letzten Nacht vor Augen.

„Mama, können wir nicht auch eine Katze haben?", stand Søren mit seiner Mutter am Kai.
Anne befreite die *Sirius* von ihrer Vertäuung, während Paul die Fock ausrollte.
„Hab noch was für euch!", übergab Synnoeve eine Plastiktüte mit Hotel-Logo. Gefüllt mit Gulaschkonserven, Fusilli und knoblauchmarinierten Oliven im Glas.
‚Hat sie gerade Tränen in den Augenwinkeln?'
Synnoeve und Søren winkten, wie auch Anne und Paul zum Abschied winkten, bis Anne die Fender einholte und die *Sirius* ein kleiner heller Punkt kurz vor dem blauen Horizont wurde.
‚Geiles süßes Mädel!', fand Paul später Synnoeves schwarz-roten Slip mit der kleinen blauen Schleife in seinem Rucksack.

XVIII

Geld, Reichtum, Besitz ...
Die *Préservation* war längst zu einem Haufen sich subtil bekämpfender, nach Einfluss strebender, geldgieriger Splittergruppen verkommen. Das Vermögen, all das Gold, Ländereien und andere „Schätze“ waren über die Jahre zu fruchtbarem Nährboden für Korruption und Machtgeplänkel geworden. Nur das Bestreben, die inzwischen fast dreißigtausend weltweit agierenden unterstützenden Mitarbeiter ahnungslos zu halten, war noch ein gemeinsamer Nenner. Die meisten Mitglieder der sogenannten Führungsgruppe nutzten ihre Positionen nur noch, um sich persönlich zu bereichern. Drogen jeder Couleur, Alkohol, Handel mit Atommüll und russischen Waffen waren unschlagbar profitable Einnahmequellen. Michael Molinar war da eine Ausnahme.
Nun gut, so ganz uneigennützig waren auch dessen Vorstellungen nicht. War er doch nicht zuletzt immer auch auf seinen eigenen Vorteil bedacht. In sentimentalen Momenten dachte er jedoch manchmal sogar an seine Frau, der er nicht immer treu war, und seine Töchter. Die Zwillinge Madita und Marisa hatten unlängst ihren achten Geburtstag gefeiert. Bei einem üppigen Barbecue mit scharfem Dressing und reichlich Gin-Tonic kamen ihm temporär auch friedliche Nachbarn, die nach achtzehn Uhr auf Rasenmähen verzichteten, und sogenannte Freunde in den Sinn.
Die Idee seines Großvaters Andreas, eine heile Welt für einige Auserwählte zu schaffen, war nicht nur nicht in Vergessenheit geraten. Mehr und mehr der Einflussreichen begeisterten sich inzwischen zusehends für diese romantische Vorstellung.
Michael nutzte geschickt Stimmungen und Interessen, um in der Geheimorganisation zielgerichtet gegensätzliche Meinungen zu provozieren.

Michael Molinar liebte Sci-Fi-Filme. Technikbegeistert, wie er war, gab er große Teile des aus dem von seinem Großvater geerbten Weinbaugeschäftes resultierenden Profits für die neuesten Stereoanlagen, Fernsehapparate und Außenjalousien aus. Regelrecht euphorisch begeistert war er von Personal-Computern und diesem sich so rasant ausbreitenden Internet.

Er hatte eine Vision.

Indien, Agra.
Sommer 1990.

Er musste sich keine Sorgen um zu wenig Geld machen. Dennoch hatte er seit einigen Jahren kontinuierlich ein paar Extragroschen auf sein „Besondere-Anlässe-Konto“ eingezahlt. Wollte er sich doch irgendwann möglichst luxuriös einen lang gehegten Traum erfüllen.

Glücklich erwartungsvoll checkte Michael Molinar endlich im *Royal Phoenix* ein. Von hier aus war das Taj Mahal, die erste Station auf seiner dreiwöchigen Indienreise, nur einen Katzensprung entfernt.
Außerdem besuchte er unter anderem den Ranthambhore Nationalpark in Rajasthan. Natürlich sah er sich auch zwei Tage lang in der Metropole Mumbai um. Nicht ohne dort viele Dollar im Rotlichtviertel auszugeben. Auch diesen Aufenthalt hatte Michael selbstverständlich sorgfältig geplant.

„Kein Sex! Nur Geschäft! Barzahlung!“
Das Mädchen, das diese Worte in Englisch sprach, hatte eindeutig mehr als ein Mal entsprechende Angebote bekommen und abgelehnt. Groß, schlank mit schier endlos langen Beinen und ebenso langen dicken, pechschwarzen Haaren musste dieses bezaubernde Wesen mit diesen abgrundtiefen dunklen Augen, diesen zierlich feinen Gesichtszügen und dieser zimtfarbenen makellosen Haut in Männern nur eines hervorrufen: den Wunsch, sie zu berühren.
‚Scheiße, wie alt bist du? Vierzehn, fünfzehn?‘, dachte Michael.
„Ich bin Michael. Schön, dich persönlich kennenzulernen!“, sagte er.
„Nenn mich Sari“, suchte die Kleine die Umgebung nach verdächtigen Auffälligkeiten ab.

Wie ein rastloser ängstlicher Mensch, ständig auf der Flucht vor allem und jedem.
„Nicht stehenbleiben!“, ging Sari, deren wirklicher Name Ranjana Meshram war, voraus.
Michael hatte Mühe, dem Spross einer englisch-indischen Beziehung zu folgen.
Ranjanas Vater war von einem Londoner Unternehmen beauftragt worden, in Mumbai eine Software-Schmiede aus dem Boden zu stampfen. Er war damit sehr erfolgreich gewesen und hatte sich in die Sitar-Virtuosin Sadhana Meshram verliebt.
Von Kindesbeinen an war Ranjana mit Elektronik, Computern und Software vertraut. Mittlerweile beherrschte sie mehrere Programmiersprachen und half ihrem Vater, eine Chip-Fabrik aufzubauen. Auf den Fahndungslisten der Strafverfolgungsbehörden mehrerer Länder wurde sie bereits unter den Meistgesuchten geführt. Hatte sie doch als Hacker der ersten Stunde schon im Alter von zwölf Jahren mehreren Banken enorme Mengen Geld gestohlen. Ihre Freunde, viele Schulkameraden und natürlich sie selbst würden für den Rest ihres Lebens keine finanziellen Engpässe erleben müssen.
Michael hatte schon längst die Orientierung verloren, als Ranjana ihn schließlich anwies, sich hinter einem riesigen Haufen Plastikmüll auf den Stein neben sich zu setzen.
„Also“, hielt sie ihre Hand auf.
Michael holte aus der Innentasche seines hellgrauen Leinensakkos ein Bündel hervor und gab es dem Mädchen.
„Was kann ich für dich tun?“, wollte Ranjana wissen, nachdem sie zweimal akribisch nachgezählt und die fünftausend Dollar in ihre Jeanstasche gestopft hatte.
„Welche Möglichkeiten eröffnen sich deiner Meinung nach aus diesem ganzen Computer- und Internetzeug?“
Ranjana brach prompt in schallendes Gelächter aus. Eine gehörige Portion Zukunftsangst schwang darin mit.

„Alles, was du dir vorstellen kannst. Und alles, was kranke Psychopathen ausbrüten, wird nicht nur möglich sein. Es wird gemacht werden! Dann mach´s gut“, war das Mädchen mit dem Verstand eines weisen Greises im Begriff, die Müllhalde zu verlassen.
„Warte! Für fünftausend Dollar bitte etwas konkreter“, hoffte Michael, die Kleine würde sich wieder neben ihn setzen.
„Scheiße Mann! Wo soll ich da anfangen?“, tat sie es tatsächlich.
„Jeder wird jederzeit überall mit jedem kommunizieren können. Ohne Telefonkabel. Du wirst auf das gesamte Wissen der Menschheit zugreifen und damit Schindluder treiben können. Du wirst mit wahren und falschen Informationen zugeschüttet werden. Man wird keine Scheine mehr zum Bezahlen brauchen. Du wirst manipuliert und rund um die Uhr überwacht werden. Man wird dich vierundzwanzig Stunden täglich mit Werbung bombardieren. Zum Einkaufen wirst du von deinem vollgefurzten Sofa nicht mehr aufstehen müssen. Roboter werden dich in deinem scheiß Wohnzimmer von Nierensteinen befreien, nebenbei noch deinen kümmerlichen Schwanz verlängern und dir einen runterholen. Jeder wird jeden fic...“
„Okay, okay!“, unterbrach Michael das sich in Rage redende Mädchen. „Also es wird Vor- und Nachteile bringen?“
„Wenn du die Verblödung, Versklavung der Menschheit und globale Anämie, das Fehlen gesunden Menschenverstandes, das Verschwinden von Empathie und die zunehmende Unfähigkeit, selbst zu denken als Nachteil verniedlichen willst ...“, atmete Rajana erst mal tief durch. „Das ganze Zeug könnte die Welt wirklich zu einem besseren Ort machen, aber es ist wie mit allen großartigen Erfindungen. Sie werden von kranken Hirnen pervertiert. Was hat man zum Beispiel nach der Entdeckung der Kernspaltung gemacht?

Man hat keine Atomkraftwerke errichtet, um Strom zu erzeugen. Eine verfickte Massenvernichtungswaffe wurde gebaut!"
„Ich verstehe, worauf du hinauswillst. Hältst du wirklich so wenig von den Menschen?"
„Beweis mir das Gegenteil!"
Schweigend beobachteten die beiden einige Minuten lang Scharen von im Sonnenlicht bräunlich schimmernden Kakerlaken auf der Suche nach Nahrung.
„Die machen´s richtig", unterbrach Rajana schließlich die Stille. „Es wird eine neue Art von Krieg geben."
„Arbeite für mich! Exklusiv", überraschte Michael mit seinem Vorstoß.
„Träum weiter, alter Mann", entgegnete die Inderin belustigt.
„Ernsthaft. Komm nach Deutschland und schaffe eine heile Welt für mich."
„Wie soll die aussehen?"
„Mensch und Natur im Einklang. Ohne Krankheiten, Krieg, Verbrechen."
„Hab dich bisher nicht für einen utopischen Romantiker gehalten", lachte Ranjana. „Selbst wenn ich wollte, kannst du dir mich überhaupt leisten?", war sie immerhin neugierig.
„Ich hab da so meine Beziehungen. Und ich könnte dafür sorgen, dass du von der Bildfläche verschwindest. Keine Verfolgung mehr, von wem auch immer."
„Hast du was zu schreiben dabei?"
Michael nestelte sein Notizbuch samt Kugelschreiber aus seiner Jacke hervor und reichte dem Mädel beides.
Dieses kritzelte in dem Merkheft etwas auf die letzte Seite und gab beides zurück.
Ohne ein weiteres Wort zu verlieren, stand Rajana auf und machte sich aus dem Staub.

XIX

‚Egal, welcher Tag heute ist!‘, warf Paul seine Angel aus, als sich das Rot der untergehenden Sonne am Horizont bereits mit dem langsam zu Grau werdenden Meeresblau arrangierte. Natürlich hatte Anne wieder für einen guten Fang gesorgt, während sie schweigsam in dem Diabetrachter dieses Etwas, das sie so magisch anzog, betrachtete. Paul hatte das Gefühl, dass sie auch ihn interessierter als üblich im Visier hatte.
„Du findest sie gut, oder?“, fragte Anne schließlich, nachdem der leckere Rotbarsch verzehrt war.
„Ja, sie waren doch beide sehr nett.“
„Schon, aber das meine ich nicht“, war ihr Pauls Antwort zu schwammig.
„Ja“, gab dieser leicht verlegen, doch bestimmt zurück.

„Darf ich schlafen gehen?“, schien Anne etwas später wirklich müde zu sein.
„Ja, natürlich, mein Sonnenschein. Ich übernehme die nächsten paar Stunden“, war sich Paul sicher, dass sein Mädchen im Schein von Ingvars alter Dynamolampe unter der Bettdecke noch etliche Seiten eines Buches lesen würde.
„Ach ja. Du solltest weiter von der Küste weg. Es gibt hier viele Untiefen“, riet Anne noch, bevor sie sich unter Deck verkrümelte.
„Geht klar, Kapitänin!“

Paul hatte es sich auf der Sitzbank achtern hinterm Ruder bequem gemacht. Für die Jahreszeit zu warmer Wind wehte sanft und stetig. Es gab kaum Wellengang.
Eine Schachtel *Paramount* und ein Feuerzeug, eine Flasche *Redbreast*, ein Glas dafür und eine Tafel Schokolade waren griffbereit. Paul goss sich großzügig ein.

Als er beim ersten Schluck seinen Kopf nach hinten neigte, schweifte sein Blick unweigerlich gen Himmel. Es war völlig belanglos, doch fragte sich Paul in diesem Moment, wie spät es wohl sein mochte, zündete sich eine Zigarette an, trank mehr Whisky und ließ sich dazu ein Stückchen von der Schokolade auf der Zunge zergehen. Noch einmal sah er empor zu den Milliarden leuchtender Sterne.
‚Carolin würde dieser Anblick glücklich machen', schenkte er nach.
„Dein bestes Uhrwerk bist du dir selbst", hatte sie einst zu ihm gesagt.

Synnoeve und Carolin wurden eins. Ihre Gesichter verschmolzen zu einem milchig-grauen Schleier, der langsam zäh herabfließend den Körper verhüllte. Das undefinierbare Wesen bildete nun unzählige Tentakel, die nach ihm griffen, während es aus seiner Mitte ein schwarz-rotes Höschen gebar. Näher und näher zog es ihn mit den Fangarmen in seine Eiseskälte, bis ihn schließlich undurchdringlicher feuchter Nebel knebelte und ihm das Atmen schwer machte.

Laut.
Es klang, als wäre ein mächtiger Betonklotz in einen mit leeren Plastikflaschen gefüllten Müllcontainer gefallen. Paul erwachte, als seine Stirn schmerzhaft gegen das Ruder prallte. Alles, was nicht ausreichend gesichert war, flog in Richtung Bug. Teller gingen in der Kombüse lautstark zu Bruch. Töpfe, Pfannen und Kellen klapperten auf dem Teakholz-Boden im Salon. Im Cockpit zerschellten Glas und Whiskyflasche. Gustav sprang verschreckt fauchend, mit gesträubtem Fell auf Pauls Schoß.
‚Verfluchte Scheiße!', fühlte der sich ganz benommen von einem Albtraum in den nächsten versetzt. Blut rann ihm über Nase und Wangen.

Angst.
„Paul!“, schrie Anne entsetzt. „Wasser! Hier kommt Wasser rein!“

Panik.
„Komm sofort hier rauf an Deck!“, rief er seinem Mädchen eher instinktiv verzweifelt als überlegt sortiert zu. Endlich kam er halbwegs zu sich und holte, ohne zu wissen, ob es gut war, so schnell er konnte die Segel ein. Einsetzendes Kreischen erinnerte ihn an das gänsehauterzeugende Quietschen von Kreide auf Schultafeln. Die automatische Lenzpumpe hatte ihre verrostete Mechanik in Bewegung gesetzt.
„Bist du verletzt?“, war Pauls nächster Gedanke.
„Nein, ich hab nur Angst“, gestand Anne in der aufkommenden Morgendämmerung.
„Halt dich hier an der Reling fest und rühr dich nicht!“, ging Paul, um unter Deck nachzusehen.
An Backbord funktionierten noch zwei der Lampen. An Steuerbord brach durch ein großes Loch im vorderen Drittel des Rumpfes kaltes Nass ein. Trotz der ohrenbetäubenden Arbeit der Lenzpumpe stieg der Wasserspiegel besorgniserregend schnell.
‚Das ist nicht gut!‘, wurde nun auch Paul von nackter Angst übermannt. Regelrecht gelähmt. Dann überlegte er, mit welchen letzten Worten er sich von seinem Sonnenschein verabschieden sollte.
‚Scheiße, nein! Wir werden nicht sterben. Nicht hier und nicht so!‘, machte er sich selbst Mut.
In der nächsten Sekunde verlor er ihn wieder.
Mehr Kunststoff zerbarst laut krachend, als die *Sirius* ruckartig Schlagseite bekam und sich ächzend deutlich gen Backbord neigte.
‚Das war´s dann wohl. Mach´s gut, Welt. Gute Reise, Anne. Gustav kommt ganz sicher in den Katzenhimmel‘, verlor Paul da jede Hoffnung. Bereit, sich dem Schicksal zu fügen.

Anne hatte sich nicht an seine Anweisung gehalten.
Mit der Absicht, die noch verbleibende Zeit zu nutzen, um sich so weit wie möglich dem Ufer zu nähern, hatte sie im Cockpit das Steuerrad hart nach rechts gedreht.
Als sich das Boot daraufhin stark neigte, rutschte sie auf dem klitschnassen Holzbelag nach links.
Sich überschlagend prallte sie gegen die Backbordbank.
„Paul! Hilfe!“, hatte sie sich mit einer Hand gerade noch festhalten können und hing nun außen an der Bordwand.
Annes Rufe holten Paul aus seiner von jeglicher Hoffnung verlassenen Lethargie.

‚Verdammt, nein! Nicht mein geliebtes Mädchen!‘, stieß er sich die Knie wund und verstauchte sich ein Fußgelenk, während er sich zum Cockpit kämpfte.
Für einen Moment wurde es merkwürdig still, als die Pumpe den Geist aufgab. Bis deren nervtötendes Geräusch von den Schreien hunderter plötzlich aufgeregt über der *Sirius* kreisender Möwen abgelöst wurde.
‚Scheiße! Wie schwer bist du denn?‘, packte Paul Annes Arm und versuchte erfolglos, sie hochzuziehen.
‚Nicht loslassen! Jetzt nur nicht loslassen!‘

Anne wurde mit einem Mal leichter. Als würde sie von unten angestupst, hochgehoben werden. Endlich konnte Paul sie an Deck in die Arme schließen.
Pfeifend, klickend und schnatternd tauchten da plötzlich einige Delfine an Backbord auf. Mit ihren Flossen winkten diese den in Not geratenen ermutigend zu.
‚Danke!‘, war Paul sich sicher, die Tiere würden seinen Gedanken lesen können.
Auch Anne schien diese Fähigkeit zu haben:
„Es tut mir leid. Ich hab dich lieb.“
„Mir auch!“, weinte er.

Sie lebten noch. Waren beieinander.
Nichts auf der Welt war wichtiger.

Erleichterung.
„Es bewegt sich nicht“, machte Anne auf einen merkwürdigen Umstand aufmerksam.
„Was? Wer?“
„Unser Boot. Es rührt sich seit ein paar Minuten nicht von der Stelle.“
Im heller werdenden Licht des neuen Tages schaute Paul an Steuerbord über die Reling. Die *Sirius* war auf einen nur wenige Zentimeter aus dem Wasser ragenden Felsen aufgelaufen und steckte nun förmlich fest. Unter Deck blieb der Wasserpegel konstant auf Höhe des klappbaren Salontisches.
Anne und Paul hießen die gelb-wärmenden Strahlen der Sonne willkommen. Ihr Puls beruhigte sich.
„Okay, solange der Wind nicht deutlich auffrischt und hohen Wellengang verursacht, sind wir erst mal in Sicherheit. Aber wir müssen runter vom Boot und irgendwie an Land gelangen“, fasste Paul, nun etwas gesammelter, seine Einschätzung der Lage zusammen.
„Sieh doch!“, wies Anne da ostwärts.
Nun erkannte auch Paul die Umrisse einiger Berge, die sich über dem Meeresspiegel erhoben.
„Nichts anrühren! Und stillsitzen!“, verschwand er unter Deck. Er brauchte etliche Versuche und eine gefühlte Ewigkeit. Doch schließlich kam er durchgefroren mit roten brennenden Augen und dem Fernglas in der Hand zurück. Zitternd nahm er die Berge im Osten genauer in Augenschein. Es war ihm unmöglich, festzustellen, ob sie sich auf einer Insel oder dem Festland befanden. Aber er konnte vereinzelte Häuser am unbekannten Ufer ausmachen. Auch etwas, das wie eine Fabrik oder ein größeres Lagergebäude aussah.
„Soweit, so gut. Das ist sowieso unsere einzige Chance. Was meinst du, wie weit es bis zu diesem Ufer ist?“, überlegte Paul.
„Ich weiß nicht. Vielleicht eineinhalb Kilometer?“
Paul ging von zweitausend Metern aus.

Er wusste jedoch auch, dass man sich auf großen Gewässern leicht verschätzen konnte.
„Gehen wir mal von zweieinhalb Kilometern aus“, schlug er daher sicherheitshalber vor und hoffte, mit diesem Wert der tatsächlichen Distanz möglichst nahe zu kommen. Aber wie dorthin gelangen? Eine dieser Überlebensinseln, die sich selbstständig entfalteten und aufbliesen, gehörte leider nicht zur Ausstattung der *Sirus*. Achtern an der Reling war ein Rettungsring befestigt. Möglicherweise lieferte der sogar genügend Auftrieb, um sie beide über Wasser zu halten. Aber so zweitausendfünfhundert Meter zu schwimmen ...
‚Scheiß Idee. Komm schon. Denk nach!‘
Paul war sich sicher, dass er eine bessere Lösung finden würde. Sie brauchten irgendetwas, das schwamm. Leere Plastikflaschen kamen ihm da in den Sinn. Aber nicht länger als einige Sekunden. Schließlich fasste er den Entschluss, nochmals unter Deck nachzusehen.
In der Bugkabine fielen ihm zwei gelbe dahintreibende Behältnisse auf. Sie hatten in etwa die Größe dieser kleinen Koffer, die bei Flugreisen gerade noch als Handgepäck durchgingen.
‚Das sieht schon mal gut aus.‘
Erneut ziemlich durchgefroren kam er mit den Dingern zurück an Deck. Bei den knallgelben Kunststoffbehältern handelte es sich um sogenannte Havariekoffer. Die waren dafür gebaut, um im Notfall wassergeschützt elektronische Geräte oder wichtige Dokumente, wie zum Beispiel Pässe, darin retten zu können.
‚Das könnte funktionieren“, bastelte Paul in Gedanken ein schwimmendes Etwas.
Er könnte Rettungsring und die wasserdichten gelben Boxen mit dem zweieinhalb Meter langen Holzschaft, an dessen Enden Enterhaken befestigt waren, verbinden. Seil gab es mehr als genug an Bord.
In den Plastikkoffern ließe sich sogar das Nötigste verstauen.

Einige kleine Flaschen Trinkwasser zum Beispiel.
„Wo ist eigentlich Gustav?“, hoffte Paul, dem Kater ginge es gut. Der hatte sich, pudelnass, erschrocken und verängstigt, am Mastfuß festgekrallt.
„Vorsicht! Langsam!“, ermahnte Paul sein Mädchen, das sich sogleich anschickte, den pelzigen Freund von dort zu befreien, um ihn endlich wieder auf den Arm zu nehmen.

„Ich hab `nen Plan“, verkündete Paul und bereute sogleich seine Worte. Falsche Hoffnung ist mitunter schlimmer als gar keine.
Noch immer vor Kälte zitternd fragte er sich, welche Temperatur das Meerwasser wohl habe. Er schätzte sie auf zwölf bis vierzehn Grad.
‚Verdammt!‘
Wie lange würde man das überleben? Vielleicht zweieinhalb Stunden? Dann würden sich in Armen und Beinen erste Lähmungserscheinungen bemerkbar machen. Man wäre bewegungsunfähig, bevor allmählich die inneren Organe versagten. Das Gehirn würde als Letztes seinen Dienst einstellen.
Zweieinhalb Stunden für zweieinhalb Kilometer ...
Aber das hier war keine Schwimmhalle. Es gab Wellen, wenn auch nicht besonders hohe, und Dünung. Ganz zu schweigen von sicherlich vorhandenen unberechenbaren Strömungen.
‚Verflucht noch eins!‘
„Was brütest du denn aus?“, war Anne Pauls schweigende Grübelei natürlich nicht verborgen geblieben. „Vielleicht kann ich ja was tun“, wollte sie bedingungslos zu ihrem Überleben beitragen und strich sich eine klatschnasse Haarsträhne aus dem Gesicht.
„Die Delfine würden uns bestimmt helfen“, meinte sie, nachdem Paul ihr seine Überlegungen beschrieben hatte.
„Das klingt gut. So werden wir es schaffen. Aber was machen wir mit Gustav?“, gab er zu bedenken.
Anne schloss für einige Sekunden ihre Lider.

„Wir brauchen ganz viele Möwen. Oder einen wirklich großen, kräftigen Vogel“, konstatierte sie. „Ein Albatros könnte unseren Kater sicher zum Ufer fliegen.“
Anne schien gerade ihr Gehirn zu durchsuchen, als würde sie in einem Lexikon nachschlagen, und machte dann diese beängstigende Sache mit ihren Augen.
„Er braucht aber eine Weile bis hierher. Er ist ziemlich weit weg“, war das Hoffnung verheißende Ergebnis.
Paul musste schmunzeln, als er sich die Verwirklichung des Plans bildlich vorstellte. Wie sie von Delfinen durchs Wasser gezogen werden würden. Besonders aber darüber, wie ein Albatros den Kater durch die Luft tragen würde. So, wie Störche die Babys brachten.
Die Schiffbrüchigen arbeiteten auf Hochtouren. Die Delfine, die um die *Sirius* herumschwammen, pfiffen, geckerten und schienen ihnen aufmunternd zuzulächeln.
„Wirklich nur das Wichtigste! Die Dinger müssen noch Auftrieb haben“, packte Anne nach Pauls Ermahnung den Diabetrachter und drei Flaschen Trinkwasser in eines der gelben Behältnisse. Paul gab zwei Feuerzeuge, sein Taschenmesser und ebenfalls Trinkwasser in das andere.
‚Wahrscheinlich wieder die Hälfte vergessen‘, machte er sich nochmals deutlich, dass es hier ums nackte Überleben ging. Nicht mehr und nicht weniger.

Seine riesigen prächtigen Flügel warfen lange Schatten auf das Boot, bevor er eindrucksvoll kreischend seine Ankunft verkündete. Der Albatros landete mit ernst anmutendem Ausdruck in seinen Augen und präsentierte ehrfurchtgebietend seinen orange-gelblichen Schnabel.
„Er hat wenig Zeit. Muss weiterziehen“, holte Anne Paul aus seinem bewundernden Staunen über das majestätische Tier.
„Oh, ja, natürlich.“
Gustav war wenig davon begeistert, in das für ihn gebastelte Säckchen verfrachtet zu werden und sträubte sein Fell.

Anne hing dem anmutigen Albatros vorsichtig die Schlaufe locker um den Hals. Nicht, ohne ihn liebevoll dankbar zu streicheln. Paul spürte deutlich den Luftzug, den die mächtigen Flügel des Vogels verursachten, als der sich vor Kraft strotzend emporschwang. Nicht viel mehr als zehn Minuten später wandt sich das edle Tier am rettenden Ufer aus dem Seil, an dem die Katze durch die Lüfte geflogen war. Mit einem kurzen Schrei schien sich der Albatros zu verabschieden, bevor er südwärts zog. Gustav befreite sich aus seiner Zwangslage, legte sich auf einen der sonnengewärmten Steine und schlummerte erschöpft von der ganzen Aufregung ein.
Paul schmunzelte noch immer. Der Kater in der Luft ... Dieser Anblick war einfach herrlich gewesen!
„Sind sie bereit?", bezog er sich nun auf die Delfine.
„Wann immer wir es sind", sah Anne ängstlich zum Ufer hinüber.
„Na, dann los! Das wird ein Heidenspaß", machte Paul einmal mehr sich selbst als Anne Mut. Er ließ das zusammengeknotete Gestell aus Enterhakenschaft, Rettungsring und gelben Boxen zu Wasser. Anne und er sprangen schließlich hinterher. Sie würden sich an der Holzstange festhalten, aber für alle Fälle tauten sie sich auch daran fest. Paul hatte drei Schlaufen vorbereitet, in die auch prompt drei Delfine ihre immer lächelnden Schnauzen steckten.

Eine knappe halbe Stunde und reichlich verschlucktes Salzwasser später verabschiedeten sich die Tümmler. Aus knietiefem Wasser schleppten Paul und Anne sich und das Rettungsgestell an Land. Wie zuvor Gustav warfen auch sie sich kraftlos und vor Kälte zitternd bäuchlings auf die aufgeheizten wärmenden Steine. Erschöpft hießen sie erlösenden Schlaf willkommen.
Die Sonne mit all ihrer Macht schien ein Einsehen zu haben, wärmte derweil die Schiffbrüchigen und trocknete die Sachen, die sie am Leibe trugen.

**Gefangen in vergangner Zeit,
wirst weise nicht, nur alt.
Getrieben bloß von Gier und Neid,
scheint Lösung dir Gewalt.**

XX / I

‚Was zum ...'
„Alles in Ordnung? Bist du okay?", erwachte Paul und war sofort um sein Mädchen besorgt, bevor er sich der Schmerzen in seinem Fußgelenk gewahr wurde.
Anne war schon vor einiger Zeit aufgewacht und schaute gerade durch den Diabetrachter.
„Keine Sorge! Mir geht's gut. Willkommen im Leben!"
‚Wenn das alles nicht so bedrohlich gewesen wäre, hätte man echt Spaß daran haben können', lächelte Paul in sich hinein, als Kater Gustav herbeitapste und sich trostsuchend in Annes Schoß schmiegte.
„Du musst trinken!", reichte er ihr eine Flasche mit kostbarem Trinkwasser.
So freigiebig die Sonne tags ihre Wärme verschenkt hatte, so sparsam wurde sie nun. Paul vergoss einige Tränen beim mit dem Horizontgrau verschwimmenden Anblick der *Sirius* dort draußen. Graukalt inszenierte der Tag seinen Abschied.
„Wir sollten Feuer für die Nacht machen", riet Paul.
Im abnehmenden Licht trugen er und Anne einen ansehnlichen Stapel trockenen Treibholzes zusammen.
Auf das Sturmfeuerzeug von *Europris* war Verlass.
„Ich übernehme die erste Wache!", kam Anne ihrem Beschützer zuvor. Kannte sie Paul doch zu gut. Dankbar kauerte der sich nahe ans Lagerfeuer und reiste bald darauf in seine verworrene Traumwelt.

„Da laust mich doch der Affe!"
„Scheiße Mann, was hast du denn jetzt schon wieder?"
„Na guck halt mal weiter als bis zu deinem kümmerlichen Schwanz!", war Håkon nach wie vor nicht besonders davon begeistert, mit Øyvind zur Nachtwache eingeteilt worden zu sein. Der bemerkte nun endlich auch den hellen Schein drüben am Ufer.

„Ah ja. Da ist Licht“, stellte er fest.
„Ganz genau, du Leuchte. Und was bedeutet das, ohne Stromquelle?“, erwartete Håkon nicht wirklich eine Antwort. Schon gar nicht eine zufriedenstellende. „Dort hat jemand Feuer gemacht!“, führte er deshalb seinen Gedanken selbst zu Ende.
„Ja, klar“, meinte Øyvind dumpf.
„Du bist als Mensch aber auch irgendwie echt schade!“, dachte Håkon laut.
„Das verstehe ich nicht.“
Es war einer dieser zahlreichen Momente, in denen Håkon seinen Kompagnon nur allzu gern zum Mond geschossen hätte, um dabei zuzusehen, wie dieser im Vakuum des Alls explodierte. Aber nicht nur er hatte ihm sein Leben zu verdanken. Unbedarft, doch sehr mutig, hatte Øyvind sich und die anderen sieben Industrietaucher mit der Unterdruckkammer vom Fuße der Bohrinsel sicher an die Meeresoberfläche gebracht.
„Egal. Denk nicht weiter drüber nach. Schnapp dir einfach das verfickte Fernglas und dein scheiß Gewehr! Und beweg dich leise!“
Die Zwei-Mann-Patrouille schlich sich näher an die Feuerstelle heran. Natürlich bewegte sich Øyvind nicht gerade geschmeidig.

Anne hatte das Knirschen der Steine längst gehört und witterte Gefahr.
„Menschen! Ich glaube, zwei. Sie haben Gewehre“, weckte sie Paul unauffällig.
Dieser bemerkte im flackernden Goldrot des allmählich verglühenden Feuers Annes angstgeweiteten Pupillen. Sich möglichst wenig bewegend nahm er das Taschenmesser zur Hand und klappte die längste der Klingen aus.

„Verflucht, Øyvind. Duck dich! Ich sagte doch: leise. Gib mir mal das Fernglas“, forderte Håkon.

„Na, was haben wir denn da."
„Sag schon. Was siehst du?", wollte Øyvind ungeduldig wissen.
„Einen alten pennenden Sack und ein hübsches kleines Ding mit Katze, das in den Himmel glotzt."
„Ein Mädchen?"
„Ja, ein Weibchen. Du Hengst", grinste Håkon.

„Leg dich zu mir und tu so, als würdest du schlafen wollen", schlug Paul vor, während er fieberhaft an einer Verteidigungsstrategie arbeitete und mit seiner freien Hand einige Kiesel ergriff. Anne folgte seinem Rat und bereitete sich auf ihre Weise auf einen möglichen Angriff vor.

„Jetzt legt sie sich hin. Wir warten, bis sie eingeschlafen ist", ordnete Håkon an.
„Liegende Mädchen mag ich besonders."
Håkon schüttelte nur resigniert augenverdrehend den Kopf ob Øyvinds dämlichen Kommentars.
Allerdings machte sich auch ein mulmiges Gefühl in seinem Magen breit, als er sich an das herumstreunende Kind erinnerte, das sie vor einigen Monden zwei Inseln weiter aufgegriffen hatten. Øyvinds „Vergnügen" an dem kleinen Jungen war bald in irren, unkontrollierten Wahnsinn ausgeufert. Nach einigen Tagen hatte Håkon angewidert mitleidend das Martyrium des Knaben mit einem Schuss in dessen offenen Mund beendet.
„Reiß dich bloß zusammen diesmal!", war er, kurz davor, sich zu erbrechen, nicht erpicht auf noch mehr Dünger für den Rhododendron.

Kurz bevor die aufgehende Sonne bereit war, ihr erstes Gelb zaghaft über den Horizont strahlen zu lassen, liefen die Bewaffneten die noch verbleibenden knapp einhundert Meter hurtig hinüber zu den vermeintlich Schlafenden.

„Guten Morgen, ihr Opfer. Zeit aufzustehen!“, wurden die beiden mit Gewehrkolben drangsaliert.
„Was? Hey ... Immer mit der Ruhe!“, tat Paul so, als würde er tatsächlich gerade erst aufwachen. „Verdammt, was ...“, blickte er in den Lauf einer Waffe.
„Scheiße, was ist denn mit der los?“, wunderte sich Øyvind über Anne, die nicht reagierte, deren Augenlider jedoch wie bei einem ihrer „Anfälle“ flatterten.
„Oh, sie ist ein besonderes Mädchen. Bitte tut ihr nichts!“, bat Paul.
„Oh, ja, besonders“, grinste Øyvind dämlich. „Komm schon!“, stieß er Anne mit dem Lauf seines Gewehres in die Rippen.
„Los, aufstehen!“, forderte Håkon von Paul.
„Schon gut“, sah der nun kurz in Annes inzwischen geöffnete Augen.
„Jetzt!“, schienen diese zu signalisieren.
Paul drehte sich ruckartig auf den Rücken, konnte dabei Håkons Gewehr zur Seite drücken, warf ihm die Kiesel ins Gesicht und versuchte dann, so schnell wie möglich auf die Beine zu kommen. Mit dem Taschenmesser in seiner Rechten verletzte er Håkon dabei an dessen Oberschenkel. Da meldete sich sein Fußgelenk mit stechendem Schmerz.
‚Verdammt!‘, klammerte sich Paul an Håkons Jacke, als er wieder zu Boden fiel, und riss ihn mit sich. Ein Schuss löste sich, als der Angreifer bäuchlings auf Paul und der Klinge des Taschenmessers landete.
Gleichzeitig erschien wie aus dem Nichts ein riesiger Schwarm Möwen. Diese stürzten sich nun ohrenbetäubend kreischend auf Øyvind. Verschreckt sprang Gustav fauchend auf und biss Øyvind in die Wade. Anne nutzte die Ablenkung und trat ihrem Peiniger mit ihren Füßen dessen Waffe aus den Händen. Es klang wie eine auf Asphalt geworfene, berstende Melone, als Øyvind das Gleichgewicht verlor und mit dem Hinterkopf auf einem großen spitzen Stein aufschlug.

Die Vögel machten sich davon. Sie hatten ihre Arbeit getan.
Zäh rann dickes Rot aus Øyvinds Schädel. Das Blut, das aus Håkons Bauch spritzte, besudelte Pauls Shirt, bevor er den Widerling von sich wälzen konnte.
Die Angreifer starben still.
„Bist du verletzt?“, wandte sich Paul besorgt an sein tapferes Mädchen.
„Nein. Und du?“
„Der Schuss hat mich verfehlt. Alles okay. Aber wir müssen ganz schnell so weit wie möglich weg von hier. Dort, wo diese beiden Prachtexemplare herkommen, gibt es sicher noch mehr solcher Ekelpakete. Und die haben ganz bestimmt auch den Schuss gehört“, konnte Paul erstaunlich gefasst klar denken. „Tut mir leid, dass du das erleben musstest“, fügte er bedauernd hinzu.
Noch immer adrenalingeladen durchsuchten die beiden Überfallenen die Taschen der Toten. Eine kleine Schachtel mit Patronen, zwei Feuerzeuge, eine angefangene Packung Zigaretten und ein Schokoriegel waren die Ausbeute.
„Los jetzt!“, griff sich Paul Øyvinds Waffe und humpelte voraus.
Geduckt gingen er und Anne immer am Wasser entlang in Richtung Norden über den steinigen Strand. Gustav tapste, wenig begeistert über den Untergrund, tapfer hinterher. Schließlich gelangten sie zu einer schroffen Landspitze.
„So ein Mist! Wir sind wohl auf einer Insel“, bemerkte Paul in einiger Entfernung eine Brücke.

XX / II

Zwei Männer mit Gewehren saßen auf dem Geländer. Die Bewaffneten rauchten entspannt Zigaretten und nippten abwechselnd an einer Schnapsflasche. Vor einigen Minuten hatten sie einen Schuss gehört.
„Ach, Øyvind ballert wieder sinnlos in der Gegend herum", war das Thema für Kjell damit erledigt gewesen.
„Ja, der Spinner", hatte Frode zugestimmt.
‚Das ist gut', dachte Paul.
Bisher wurden die beiden Toten wohl noch nicht vermisst. Aber auf diesem Wege würde er mit seinem Mädchen jedenfalls nicht von hier verschwinden können.
Bis zu dem kleinen Anleger am gegenüberliegenden Ufer war es nur ein Katzensprung.
Es wäre kein Problem, hinüberzuschwimmen. Nur jetzt im hellen Schein der sich über dem Horizont erhebenden Sonne würden sie sicher entdeckt werden. Und die hatte den Tag gerade erst machtvoll gelb-warm eingeläutet.
„Wir können nur hoffen, dass sie uns nicht finden, bevor es wieder dunkel wird", meinte Paul und versuchte, sich mit Anne und dem Kater so gut wie möglich zwischen zwei großen Felsen zu verstecken.
Irgendwann wechselten die Wachposten vom Geländer auf den Bordstein, aßen irgendetwas, das sie aus ihren Taschen gekramt hatten, rauchten und tranken mehr von der klaren Flüssigkeit aus der Flasche. Wenig später lagen die Gestalten schlafend auf den Gehwegplatten.

Sie hatten sich die Zeit mit Skat und Wodka vertrieben. So langsam fragten sich Thoralf, Vegard, Bjørn und Stian aber, wo ihre Kumpane wohl steckten.
„Die liegen wahrscheinlich wieder stockbesoffen irgendwo herum. Ich werd sie mal suchen gehen", stand Thoralf, der nichts dagegen hatte, von den anderen „General" genannt zu werden, von der Spielrunde auf.

Es dämmerte bereits, als er das „Hauptquartier", einen besseren Lagerschuppen, verließ und den Hügel hinab zur Brücke marschierte.
„Aufwachen, ihr Penner!", trat er dort Kjell und Frode in deren Rippen. „Habt ihr was von Øyvind und Håkon gesehen oder gehört?"
„Nein, Mann!"
„Aua, das tat weh!"
Den Schuss verschwiegen sie lieber.
„Scheiße noch eins! Dann müssen wir sie wohl mal wieder suchen. Ihr wartet hier!", befahl der General.
Nach einer guten viertel Stunde kehrte er mit dem bewaffneten Rest der Mannschaft zurück.
„Na los! Ausschwärmen! Ich passe hier auf."
Widerwillig zog die Fünfer-Gruppe los, um das Eiland abzusuchen.

Gustav flitzte plötzlich schnell wie der Blitz auf und davon.
„Er will helfen", meinte Anne. Sie und Paul hatten das inzwischen rege Treiben auf der Brücke beobachtet. Es war zwar noch nicht so dunkel, wie Paul es sich für die Fortsetzung ihrer Flucht erhofft hatte, doch schien ihm der richtige Zeitpunkt gekommen zu sein, als der mutmaßliche Anführer offenbar seine Meute instruierte. Gustav, der just in diesem Moment seelenruhig zwischen den Männern hindurch die Brücke überquerte, sorgte für zusätzliche Ablenkung. Mit einer Kopfbewegung bedeutete Paul Anne, es ihm gleichzutun. Lautlos ließen sie sich ins kalte Nass gleiten und schwammen die knapp fünfzig Meter hinüber zu dem Steg. Sowohl vom General als auch dessen Gefolge unbemerkt, zogen sie sich dort aus dem Wasser und entfernten sich so schnell und leise wie möglich vom Ufer.

„Kurze Pause", bat Paul irgendwann ziemlich außer Atem und mit zunehmend schmerzendem Fußgelenk.

Erschöpft ließ er sich auf dem Stamm eines umgestürzten Baumes nieder. Anne kam die Rast nicht ungelegen.
„Ich hoffe, diese Bastarde sind noch eine Weile beschäftigt, bevor sie unsere Fährte aufnehmen. Und ich wüsste gerne, wo wir sind. Hauptsache nicht auf einer weiteren Insel."
„Ich glaube nicht", schloss Anne für einen Moment ihre Augen. „Nein. Keine Insel!", war sie sich dann sicher.
„Lass uns weitergehen, bevor uns noch kälter wird", hielt es Paul für eine gute Idee und stellte sich auf starke Schmerzen im Fuß ein. Diese blieben jedoch aus und auch die Schwellung am Gelenk war zurückgegangen.
Darüber sehr erleichtert führte er sein Mädchen die Nacht hindurch weiter landeinwärts.

XXI

Behänden Schrittes überquerten sie wortlos Geröllfelder mit scharfkantigen Steinen und feuchte weiche Wiesen, bis die Sonne, das Dunkel bezwingend, zu einer neuen Tagesreise aufbrach. In nicht allzu großer Entfernung tat sich da die Silhouette einer Hütte auf.
„Das sollten wir uns ansehen. Aber vorsichtig!“, meinte Paul. Anne blieb erschöpft auf dem kaum noch zu erkennenden Pfad, der augenscheinlich zu dem Verschlag führte an seiner Seite.
„Haben wir unseren Kater verloren?“, fragte Paul traurig.
„Er wird uns finden“, war sich Anne vollkommen sicher.
Mit jedem ihrer Schritte im zunehmenden Tageslicht entpuppte sich die näher rückende Hütte immer deutlicher als solides hübsches Blockhaus in gutem Zustand.
Die mit fantasievollen Schnitzereien versehenen Fensterläden an den dunkelroten Sprossenfenstern, das mit grauem Schiefer gedeckte Dach mit dem großen Überhang und der weiß getünchte Schornstein, auf dem ein Wetterhahn thronte, verliehen dem Haus etwas Märchenhaftes. Paul musste unweigerlich an *Hänsel und Gretel* denken. Er schlich mit Anne vorsichtig geduckt eine Runde um das an drei Seiten von dichtem Mischwald umgebene, großzügig dimensionierte Gebäude und versuchte vergeblich, durch die Scheiben einen Blick ins Innere zu erhaschen. Die weinrot gestrichene schwere Eingangstür mit der massiven Klinke aus Messing war unverschlossen.
„Hallo! Jemand zu Hause?“, betrat Paul, das Gewehr demonstrativ gut sichtbar vor sich haltend, die Diele.
Anne folgte ihm, als niemand antwortete. Zu ihrer Linken bemerkten sie hinter einer halb geschlossenen Falttür aus naturbelassenem Holz eine geräumige Garderobe. Einige Kleidungsstücke hingen dort an Haken.

Hauspantoffeln stand auf einem kleinen Gestell.
Rechts hing, schwarz gerahmt, eine Fotografie von einem Mohnfeld unter strahlend blauem Himmel. Der Boden war mit einem beigefarbenen Teppich bedeckt.
„Wow!“, war Paul überrascht, als er vorsichtig die nächste Tür öffnete.
„Das ist ja wunderschön!“, war nun auch Anne begeistert.
Ein großer giebelhoher, lichtdurchfluteter Raum tat sich vor ihnen auf. Auf dem aus glattgeschliffenen geölten Holzplanken bestehenden Fußboden war keine Spur von Staub zu erkennen. Vor dem aus Schiefer und schwarzbraunem Marmor errichteten Kamin lagen zwei Schafsfelle. Ein gusseisernes Regal mit Brennholz und Kaminbesteck stand daneben. Darüber hing ein rahmenloses, Öl-Porträt einer charismatischen Frau.
‚Verdammt!‘, konnte Paul gar nicht so schnell reagieren, wie Anne sich ihrer Schuhe entledigte und losstürmte, um alles zu erkunden. Doch war er sich auch auf eine merkwürdige Art sicher, dass hier keine Gefahr drohte.
„Paul!“, rief Anne kurz nachdem sie weiter hinten links um die Ecke geflitzt war. „Wasser!“
Neugierig folgte er seinem Mädchen und fand sich unvermittelt in einer makellos sauberen offenen Küche, die keine Wünsche offenließ, wieder. Von deren eleganter Ausstattung beinahe erschlagen vernahm er ein Rauschen.
„Ach du Scheiße! Das gibt´s ja nicht!“
Es war das Rauschen klaren Wassers, das aus einem antik anmutenden Messinghahn in die Spüle aus Granit floss.
„Langsam!“, ermahnte Paul Anne, die gierig große Schlucke aus ihren Handflächen trank. Obwohl beide schon lange keinerlei Flüssigkeit zu sich genommen hatten, verspürten sie erst jetzt großen Durst. Auch Paul genoss schließlich die erfrischende Kühle des durch seine Kehle rinnenden Wassers. Anne ging nun quer durch den Raum und setzte sich in den an einem Fenster stehenden weich gepolsterten Schaukelstuhl.

Während sie sich, in eine Patchwork-Decke gekuschelt, selig vor und zurück wiegte, nahm Paul die luxuriöse Küche näher in Augenschein.
Hell und zweckmäßig durchdacht wirkte sie, mit den Beschlägen aus Messing, dennoch wohnlich. An der Kücheninsel mit Herd und Kochfeld standen zwei rustikal hölzerne, bequem anmutende Hochstühle mit Arm- und Rückenlehnen sowie Fußstützen an genau der richtigen Stelle. Der kupferfarbene Abzug darüber ließ genügend Kopffreiheit. Eine wahre Augenweide waren die polierten Arbeitsflächen aus Cleopatra-Creme-Marmor.
Neben dem riesigen Side-by-Side-Kühlschrank stand ein Weidenkörbchen mit roten und gelben Äpfeln, Avocados und Walnüssen. Alles unverdorben.
‚Ein Blick hinein kann ja nicht schaden', öffnete Paul die rechte Flügeltür. Und warf sie erschrocken gleich wieder zu.
‚Verdammt! Ist das wieder so ein abgefahrener Traum?', kniff er sich in die Wange. Erneut machte er die Tür auf. Wurst und Käse in Frischhaltedosen, Margarine, Tomaten, eine halbe Salatgurke und eine handvoll Champignons fanden sich ebenso wie Milch, Sojasauce und eine angebrochene, wiederverschließbare Flasche Weißwein. Neugierig öffnete Paul nun auch den linken Flügel. Brot, Brötchen zum Aufbacken und eine Flasche Gin befanden sich in dem Tiefkühler.
‚Moment mal. Was zum …', bemerkte Paul nach einem Moment ratloser Ungläubigkeit die Kühle und die funktionierende Innenbeleuchtung.
‚Das kann doch nicht …', betätigte er auf Verdacht einen der Lichtschalter. Und tatsächlich: Die in die Unterseite der Hängeschränke eingelassenen dimmbaren Spots erhellten die Arbeitsfläche. Wie auf frischer Tat ertappt, schaltete er das Licht sogleich wieder aus. Dann verfiel er in Panik. Befürchtete eine Konfrontation. Wähnte er doch die Bewohner dieses Hauses jeden Augenblick heimkehrend.

Ganz aufgelöst sah er durch etliche, mit liebevoll drapierten grün-rot karierten Gardinen geschmückte Fenster, um die Umgebung draußen abzusuchen.
„Keine Menschen weit und breit", meinte da Anne beiläufig. Sie hatte es sich inzwischen auf einem urigen dunkelbraunen Ledersofa gemütlich gemacht. Zwischen Kissen in eine Fleecedecke gehüllt naschte sie, als wäre es die normalste Sache auf der Welt, Nougatpralinen aus einem Kristallschälchen auf dem nusshölzernen Couchtisch. Einigermaßen beruhigt ließ sich Paul in den Ohrensessel an dessen Stirnseite fallen.
„Guck mal", schaltete er, noch immer baff, die schwarze Stehlampe mit dem Leselicht an und wieder aus und an und aus.
„Ich weiß", war Anne nur mäßig beeindruckt, stand vom Sofa auf und ging hinüber zu dem schlichten Holzregal, neben dem eine mannshohe Fächerpalme Schatten warf. Das war nicht besonders groß, doch die vielen Bücher darin ließen nicht die kleinste Lücke.
„Guck mal hier!", überflog sie fasziniert die Titel der Werke.
Er konnte das Geräusch, das sein Bemühen, sich zu entspannen, abrupt unterbrach, zunächst nicht zuordnen und versuchte, sich daran zu erinnern, wo er das Gewehr gelassen hatte. Schließlich fand Paul heraus, aus welcher Richtung die eigenartigen Laute kamen. Oben unter dem Giebel über dem Eingang fuhr vor dem dreieckigen Fenster mit bleigefassten Butzenscheiben, die das Licht der Sonne in Blau, Grün und Rot brachen, automatisch eine Markise aus.

„Achtung! Jemand ist draußen vor der Tür!", warnte Paul, dessen Sinne nach wie vor in angespanntem Hab-Acht-Modus arbeiteten.
„Ich geh schon!", beeilte sich Anne, die Haustür zu öffnen.
„Verdammt! Du sollst doch nicht immer ...", verzichtete Paul darauf, den Satz zu beenden, als er Gustav erkannte.

Ziemlich schmutzig, mit einem blutigen Vorderpfötchen tapste dieser mit stolz erhobenem Schwanz geradewegs zu einem der Schafsfelle und räkelte sich demonstrativ darauf, als würde er seine wohlverdienten Streicheleinheiten einfordern. Anne ließ ihn nicht lange darauf warten.

Auch Paul war froh, den Kater wiederzusehen und untersuchte dessen Verletzung. Auf der Schnittwunde hatte sich bereits Schorf gebildet.

„Das sieht ganz gut aus. Wir sollten ihn nicht weiter strapazieren", meinte er daher.

Mit einem ihrer Augenaufschläge stimmte Anne zu.

„Keine Sorge! Sie kommt nicht zurück", bemerkte sie auch Pauls unruhige Wachsamkeit.

„Bist du dir da auch ganz ..."

„Nie mehr!", präzisierte Anne.

„Wer ist eigentlich *sie*?", stutzte da Paul.

Vorwurfsvoll fragend sah Anne ihren Beschützer an, als wäre er ein wenig schwer von Begriff und deutete auf das Gemälde über dem Kamin. Zwei Menschen vertraute Paul bedingungslos: seiner Carolin und seiner Anne.

„Also gut. Lass uns den Rest des Hauses erkunden", schlug er vor. Gustav streckte alle Viere von sich und schlummerte zufrieden schnurrend ein.

Zunächst öffneten die beiden Abenteurer die schmale Schiebetür neben der Küchenzeile. Dahinter verbarg sich eine geräumige Speisekammer. Die Regale waren reichlich bestückt mit Konserven und sonstigen Lebensmitteln mit langer Haltbarkeit.

‚Verdammt! Ich bin noch nicht aufgewacht', glaubte Paul nicht länger an Zufall. Unten links standen doch tatsächlich zwei von den Kartons mit den drei Liter Wein fassenden Plastikbeuteln darin: *Schwedhelm Riesling*!

Durch die nächste Tür rechts vom Vorratsraum gelangten sie ins Schlafzimmer. Paul schätzte das übergroße Bett mit praktischen Rollfächern darunter auf zweieinhalb mal zweieinhalb Meter.

Das Bettzeug wirkte so, als wäre hier erst vor wenigen Minuten jemand in Windeseile aufgestanden. Auf dem Nachttisch lag ein aufgeschlagenes Buch. An der Wand links, an der eine Kommode stand, bot eine Glasschiebetür Zugang zur Terrasse.
„Okay, das nenn ich mal Bad!“, konnte Paul seine Verblüffung nicht verbergen, nachdem er mit Anne erst noch einen begehbaren Kleiderschrank durchquert hatte. Auch von hier aus konnte man auf die Terrasse gelangen. Und ins Wohnzimmer.
In der Mitte des mattdunkelblau gefliesten Raumes stand eine gusseiserne weiß emaillierte Wanne – ein absoluter Hingucker. Von der separaten gemauerten Duschecke ganz zu schweigen. Neben dem Baderaum führte ein Korridor mit verglaster Flügeltür zur Veranda. Der sich anschließende Raum mit großem, kissenbestücktem Schlafsofa, Kleiderschrank und Beistelltisch mit roter Kerze in einem Ständer aus Messing war offenbar als Gästezimmer gedacht. Ein zweites Bad mit Dusche bestärkte diesen Eindruck.
„Können wir jetzt rausgehen?“, drängelte Anne.
„Ist ja gut. Immer mit der Ruhe.“
Die Holzkonstruktion der riesigen, südost-ausgerichteten, zu großen Teilen überdachten Terrasse wirkte, als wäre sie erst vor Kurzem frisch geölt worden. Auch die weinrote Farbe des Geländers sah neu aufgetragen aus. Neben der Schiebetür zum Schlafzimmer stapelte sich Kaminholz für mindestens drei Winter.
Anne hüpfte ausgelassen über die wilde Blumenwiese. Sie schien von dem weißen, mit filigranem Schnitzwerk verzierten, verspielt romantisch anmutenden Pavillon, in dem Gartenmöbel aufbewahrt wurden, begeistert.
Paul betrat neugierig einen Anbau.
‚Ach du Scheiße!‘ Im gefliesten Vorraum stand vor einem übergroßen Fenster ein Fahrradergometer neben einem Whirlpool. Blühende exotische Pflanzen sorgten für Farbtupfer.

Und es gab einen Sanitärbereich mit Brause gleich neben einer finnischen Sauna, in der ein Panoramafenster den Blick auf den angrenzenden Wald freigab.
Von dem Anwesen überwältigt, setzte sich Paul auf eine der Stufen, die von der Veranda zur Wiese hinabführten. Aus seiner Hosentasche kramte er Zigaretten und Feuerzeug hervor.
‚Erstmal eine rauchen', versuchte er, alles zu begreifen, während er Anne und Gustav, der inzwischen ebenfalls den Weg auf die Wiese gefunden hatte, beim Herumtollen zusah. Nur allzu gern gönnte er seinem Mädchen diese unbeschwerten Minuten.

‚Da war doch noch was', erinnerte er sich an die Treppe im Wohnbereich.
Wieder im Haus fielen ihm nun die angenehme Temperatur und die gute Luft auf. Der ganze Bau schien klimatisiert zu sein. Paul stieg die Stufen hinauf zu einer großzügigen, urgemütlichen Galerie. Einem an der Wand befestigten Bildschirm gegenüber standen zwei weitere Ohrensessel. In dem Sideboard darunter befanden sich Audio- und Videogeräte. Er entdeckte ein mit Ordnern vollgestopftes Regal. Alle waren mit *ALDIWOC* beschriftet. Die Nummerierung reichte von *001* bis *046*. Paul zog wahllos eine der Mappen heraus und blätterte darin. Eigenartige Schriftzeichen, mit denen er nichts anfangen konnte, füllten die meisten Seiten. Auf einigen waren Bleistiftskizzen, die für ihn wie elektrische Schaltpläne aussahen. Überfordert steckte er die Akte zurück an ihren Platz.
Ein ergonomisch geformter Bürostuhl in Kombination mit einem anscheinend elektrisch in alle möglichen Richtungen verstellbaren Schreibtisch bildete einen perfekten Arbeitsplatz. Neben einer Kerze, die selbst unentzündet Eichenholzgeruch verströmte, stand ein aufgeklappter Laptop.
‚Nee, oder?', drückte Paul die Netztaste.

Mit *Hallo* und einer Luftaufnahme des Anwesens als Bildschirmhintergrund wurde er begrüßt.
‚Scheiße! War ja klar', forderte das ihm unbekannte Betriebssystem die Eingabe eines Passwortes.
‚Man kann halt nicht alles haben', stellte er sich einen Moment lang vor, wie schön es wäre, jetzt eine Runde mit seiner geliebten Carolin zu chatten und schaltete das Gerät wieder aus.
Ein Flyer lag neben dem Computer. *ALDIWOC Clean* war darauf zu lesen. Der kleiner gedruckte Text enthielt die Erinnerung an den Termin der nächsten Müllentsorgung. Auf dem Kartenausschnitt, der auf den Standort des Abfallentsorgungsunternehmens hinwies, hatte jemand mit Kugelschreiber ein Kreuz eingezeichnet. Offenbar befanden sich Anne und Paul gerade etliche Kilometer südlich von einem Kaff namens Øydegard.
Paul war gerade dabei, die Treppenstufen wieder hinunterzugehen, als Anne und Gustav herbeigelaufen kamen.
„Wir nehmen ein Bad!"
Zahlreiche Lampen beleuchteten da plötzlich das ganze Hausinnere. Zunächst ziemlich grell, um sich nur Sekunden später selbstständig den Lichtverhältnissen anzupassen.
‚Verdammt!', hatte Paul die Zeit vergessen. Draußen dämmerte es bereits. Was er nicht wollte, war, dass ein hell erleuchtetes Haus die Aufmerksamkeit ihrer potenziellen Verfolger erregte. Er eilte hinaus vor die Tür. Glücklicherweise bestätigte sich seine Vermutung vom Morgen. Von außen war durch keines der offenbar verspiegelten Fenster auch nur die Spur von Licht zu sehen.
„Sie werden uns nicht finden", versuchte Anne zu beruhigen, als Paul wieder hereinkam.
„Aber wie ..."
„Sie können uns nicht sehen!"
Paul blickte verständnislos drein.

„Gewöhnliche Menschen können nicht einmal das Haus sehen!“, führte Anne weiter aus.
„Aber ich sehe es doch! Ich bin also nicht normal?“
„Du siehst es, weil ich bei dir bin“, versuchte Anne eine Erklärung. „Geh raus vor die Tür. Dann bis zu dieser knorrigen Eiche dort.“
Skeptisch widerwillig befolgte Paul Annes Anweisung. Wollte er doch wissen, wovon sie da sprach. Er ging also hinaus und die knapp einhundert Meter bis zu besagtem Baum, als er plötzlich das Gefühl hatte, durch ein riesiges Spinnennetz zu dringen. Auf seiner Haut breitete sich ein Prickeln aus und ihm lief ein kalter Schauer über den Rücken, bevor heiße Schweißperlen auf seine Stirn traten. Er drehte sich um. Und tatsächlich: Das Haus war verschwunden. Nur dichter Wald war zu sehen.
‚Was zum ...‘, wollte Paul zurückgehen. Es fühlte sich nun jedoch an, als würde er gegen einen aufgeblasenen riesigen, unsichtbaren Luftballon, der ihm den Weg versperrte, prallen.
‚Scheiße, was ...‘
„Verstehst du jetzt?“, stand Anne plötzlich direkt vor ihm. Das Haus hinter ihr sichtbar. „Komm wieder rein!“

Natürlich strömte wie selbstverständlich auch heißes Wasser aus dem Hahn, als Anne die Badewanne volllaufen ließ.

Maiskörner konnte Paul leider weder in der Küche noch in der Speisekammer finden. Frisch zubereitetes Popcorn hätte dem Ganzen eine Krone aufgesetzt. Dafür gab es immerhin Spaghetti mit Champignons und Tomaten-Basilikum-Sauce, *Earl Gray* mit viel Zucker für Anne und Weißwein für Paul.
Wenig später lag die Kleine unter einer kuscheligen Bettdecke auf dem Schlafsofa im Gästezimmer und blätterte in *Der Übergang* von Justin Cronin.
Gustav hatte es sich am Fußende bequem gemacht.

„Mir gefällt es hier“, gestand Anne, nachdem Paul sie väterlich auf die Stirn geküsst hatte.
„Ich weiß. Ich find´s auch toll. Schlaf gut, mein Sonnenschein.“

‚Verdammt!‘ Nur noch zwei Zigaretten waren in der zerknitterten Schachtel übrig. Draußen auf den Verandastufen zündete Paul sich eine davon an. Den Versuch, sich schlafen zu legen, unternahm er erst gar nicht. Zu viele Gedanken und Fragen kreisten sich überschlagend in seinem Hirn. Wer hatte dieses Haus einst gebaut? Warum diese unsichtbar machende Tarnvorrichtung? Warum gab es hier Strom? Und woher kam der? Masten für Überlandleitungen hatte Paul nicht gesehen. Schließlich erinnerte er sich an den Gin im Tiefkühlfach.
Wieder draußen vor der Tür nahm er einige Schlucke des eiskalten Getränks, legte sich rücklings auf die Wiese und rauchte die letzte Zigarette. Die gelbe Sichel des Mondes und unendlich viele leuchtende Sterne schienen ihn trösten zu wollen. Langsam freundete sich Paul mit der Vorstellung an, einige Tage hier zu verweilen, malte sich aus, wie er die Zeit verbringen würde.
Baden. Auf jeden Fall baden! Er könnte die Gartenmöbel rausstellen, sich im Liegestuhl räkeln und Anne und Gustav beim Tollen zusehen. Er würde im Whirlpool ein Buch lesen und dabei *Schwedhelm Riesling* trinken. Vielleicht bekäme er auch die Sauna in Gang. Er würde mit Anne leckere Mahlzeiten zubereiten. Vielleicht fände sich ja sogar Material für einen Filmabend. Endlich überkam Paul der ersehnte Schlaf.

Annes frech-belustigtes Schmunzeln war das Erste, was er sah, als er seine Augen wieder öffnete. Sie hatte sich kniend über ihn gebeugt und mit einem Grashalm an der Nase wachgekitzelt. Paul brauchte einen Moment, um zu sich zu kommen.

„Na warte!“, stand er dann mit einem Ruck auf und versuchte, sein ausgelassen laut lachendes vor ihm flüchtendes Mädchen zu fangen. Natürlich hatte er nicht die geringste Chance.
‚Welch schöner Start in einen neuen Tag!‘, wurde er sich einmal mehr seines großen Glücks bewusst. So unglaublich froh darüber, dass sie noch lebten.
Zum Frühstück gab es auf die noch ofenwarmen Brötchen Butter und Blaubeermarmelade. Paul hatte hinter einer der Schranktüren in der Küche einen Kaffeevollautomaten entdeckt. Das schwarzbraune Heißgetränk, das dieser zubereitete, war einfach köstlich. Auch wenn Paul alles noch immer als zu schön, um wahr zu sein, empfand, hatte er doch beschlossen, den Tag zu genießen.
Anne räumte das benutzte Geschirr und Besteck in die Spülmaschine, als hätte sie das schon tausend Mal gemacht. Aus dem Bücherregal wählte sie dann zielgerichtet die Fortsetzung von *Der Übergang* und machte es sich mit Kater Gustav auf dem Sofa gemütlich. Paul hielt in der Badewanne ein Nickerchen.

Anne langte später kräftig zu, als es Tee und Schokoladenkekse gab.
Zum Abend verfeinerte Paul Tomatensuppe aus einer Konservendose mit diversen Gewürzen. Bevor er die Suppe in Teller füllte, gab er noch einen Schuss Gin hinzu. Das würde eine dezent besondere Note geben.
Im abnehmenden Licht des Tages tobte Anne nach dem Abendessen mit dem Kater im Garten um den Pavillon herum. Paul durchstöberte derweil die Fächer des Sideboards auf der Galerie. Hinter einer der Türen fand er tatsächlich etliche DVDs und Blue-rays. Ausnahmslos alle Filme darauf waren Science-Fiction-Streifen. Die Palette reichte von *2001: Odyssee im Weltraum* über *Contact* bis *District 9*.
Er wählte einen der *Star Treck*-Filme für den Abend aus und bereitete alles vor.

Gut gekühlter Wein für ihn und frisch zubereiteter Tee mit viel Zucker für Anne standen bereit, als diese sich zu Paul gesellte. Schokolade und Kartoffelchips waren für beide gedacht.
Vorsichtig, beinahe ehrfürchtig nahm er die Fernsteuerung zur Hand und bediente routiniert die Technik.
Mr. Spock war von Anfang an eindeutig Annes Lieblingsfigur in dem Film. Sie folgte gebannt den Abenteuern der Mannschaft des *Raumschiff Enterprise*, während Paul schon bald in seinem Sessel schnarchte.
„Paul! Das musst du dir ansehen!“, weckten ihn irgendwann die aufgeregten Rufe des Mädchens. Die Wiedergabegeräte hatten sich längst automatisch abgeschaltet.
Anne hatte sich einen Spaß daraus gemacht, mit Anlauf auf die Schafsfelle zu springen und einige Meter auf ihnen durch den Raum zu schlittern. Eine der so verschobenen Tierhäute gab eine Falltür preis. Anne hatte den Schein in unterschiedlichen Farben blinkender Lichter entdeckt, nachdem sie die Luke geöffnet hatte.
Wenn Paul mittlerweile eines wusste, dann, dass er auf sein Mädchen hören sollte. Also ging er hinunter, um nachzusehen. Die unter dem Fußboden seitlich befestigte schmale Stiege konnte durch das Betätigen einer Kurbel auf den Kellergrund hinabgelassen werden. Offenbar sorgte ein Bewegungssensor für Beleuchtung, als Paul, gefolgt von Anne, nach unten kletterte.
Hier befanden sich neben einer Apparatur, die wohl zur Wasserversorgung und Klimatisierung diente, Waschmaschine und Wäschetrockner. Neugierig öffnete Paul die danebenstehende Tiefkühltruhe.
„Volltreffer!“, meinte er angesichts der Mengen an Fleisch und Gemüse. In einem Regal an der gegenüberliegenden Wand waren Reinigungsutensilien und Waschmittel ordentlich verstaut worden. Auch Koffer und Rucksäcke in verschiedenen Größen waren hier zu finden.

‚Natürlich!', gab es auch einen Grill und Holzkohle. Paul traute seinen Augen nicht, als er den Vorhang vor dem Durchgang zum nächsten Raum beiseitezog. Unzählige Kontroll- und Statusanzeigen etlicher, von summenden Ventilatoren gekühlten Servern und Platinen in einem mannshohen Rack blinkten. Armdicke Kabelstränge verbanden alles miteinander.
„Was zum ...", näherte sich Paul einem Aggregat, hinter dessen verglaster Front irgendeine Substanz wabernd blau fluoreszierte. War das die Stromversorgung? Zahlreiche digitale Anzeigen leuchteten grün. Eine rote Taste war mit *Emergency Stop* beschriftet. Der Drehschalter daneben, der auf *Normal* stand, bot mehrere weitere Optionen: *Off*, *Low*, *Economy*, *Intense* und *Maximum*. Paul kam sich vor wie eines der dummen Opfer in vielen Horrorfilmen, die wohlwissend, dass ein Serienmörder in der Nachbarschaft sein Unwesen trieb, nachts bei Stromausfall in die Küche gingen, um nachzusehen, was die ungewöhnlichen Geräusche verursachte, statt wie jeder normale Mensch die Flucht zu ergreifen.
Er drehte den Schalter auf *Off*.
Das Licht ging aus. Das blaue Fluoreszieren verebbte. Nur schwaches Rot vom Serverrack durchbrach die plötzliche stille Finsternis. Annes Herz setzte einen Schlag aus.
‚Was hab ich denn erwartet?', stellte Paul, dennoch erschrocken, den Schalter schnell zwei Stufen nach rechts. Sofort sprang die Beleuchtung wieder an. Deutlich hörbar durchliefen die Computer einen Neustart.
„Verdammt!", sah Anne Paul vorwurfsvoll fragend an, als hätte sie Zweifel an dessen geistiger Gesundheit.
„Tut mir leid! Und man soll nicht fluchen", entgegnete dieser augenzwinkernd. Beide mussten lachen.
Erst auf dem Weg zurück bemerkte Paul hinter der herabgelassenen Stiege einen Verschlag, an dessen Rückwand zwei schmale Spinde standen.
Im linken fanden sich diverse Medikamente, Pflaster und Verbandmaterial.

Es gab steril verpackte Kanülen und Einwegspritzen. Im anderen lagerten neben Kerzen, Teelichten, Feuerzeugen und Streichhölzern auch Schokolade und Knabberzeug. Paul gestand sich insgeheim ein, dass er beim Anblick mehrerer Schachteln *Lucky Strike* freudige Erleichterung verspürte. Im untersten Fach standen neben mehreren Aschenbechern einige Flaschen Hochprozentiges aus aller Welt. Sogar ein gut bestückter Humidor samt Zigarrenabschneider. Paul steckte sich ein Päckchen *Luckys* in die Hosentasche.
‚Was man hat, hat man', entschied er sich außerdem für japanischen Whiskey.

Den nächsten Tag nutzte Paul, um in der Sauna ein paar Runden zu schwitzen und sich zigarrerauchend im Jacuzzi zu entspannen. Es verwunderte ihn zwar, doch war er nicht traurig darüber, dass Anne nicht darauf drängte weiterzuziehen. Diese las, pflückte Blumen und tollte mit Gustav durch den Garten.
Gegen Abend bereitete Paul alles zum Grillen vor. Angesichts der länglichen Form und kräftig roten Farbe des portionierten Fleisches, das er nach dem Frühstück zum Auftauen aus der Kühltruhe genommen hatte, tippte er auf Rehrücken. Nicht ganz durchgegart, mit Salz und Pfeffer bestreut und in Aluminiumfolie erhitztem Mischgemüse aus einer Konserve als Beilage waren die Stücke ein wahrer Hochgenuss. Kaltes Wasser stillte den Durst. Das Dessert bestand aus Apfelmus, über das Paul etwas Zimt und Schokoladenraspel gestreut hatte.
Später sah er ins Gästezimmer, wo er Anne vermutete. Mit einem aufgeschlagenen Buch auf der Brust sprach sie unverständlich im Schlaf, noch bevor sich die Sonne endgültig der Nacht geschlagen gab.
Zwei weitere Tage nutzten Paul und Anne ausgiebig alle Annehmlichkeiten des Hauses.
Abends schauten sie noch weitere *Star Treck*-Filme an. Dann wurde Anne zusehends unruhig.

Oft marschierte sie nachdenklich rastlos im Wohnzimmer vor dem Kamin hin und her und machte damit sogar den Kater ganz verrückt. Paul bemerkte durchaus die Unausgeglichenheit seines Mädchens, ging jedoch nicht weiter darauf ein. Wollte er doch so lange wie möglich hier einfach nur das Leben genießen. Anne war natürlich bewusst, dass Paul gern bis zu seinem Ende hierbleiben würde.
„Können wir weiterziehen, bitte?“, brach es schließlich eines Nachmittags dennoch aus ihr heraus.
„Morgen Früh, okay?“, war Paul gedanklich auf diesen Moment vorbereitet.
Sogleich begann er, sich mit seinem Mädchen für den bevorstehenden Weiterzug zu rüsten.
Beim nächsten Sonnenaufgang war alles bereit. Zwei vollgepackte Rucksäcke standen in der Diele.
Paul und Anne stärkten sich noch mit einem ausgiebigen Frühstück. Natürlich kam auch der Kater auf seine Kosten. Bevor sich die beiden in frisch gewaschener Kleidung auf den Weg machten, stieg Paul ein letztes Mal hinauf zur Galerie, um einen Blick auf den Flyer des Entsorgungsbetriebes zu werfen. In beachtlicher Entfernung würden sie in Richtung Westen wohl auf eine Nebenstraße treffen, der sie dann weiter nach Norden folgen könnten.

Nachdem sie ein Stück gegangen waren, schaute Paul zurück.
Das Haus war verschwunden.

XXII

Potsdam, Deutschland.
16. August 2024.

Es war zwar nicht die Regel, doch ab und an war es schon vorgekommen, dass er sich bis mittags nicht meldete oder auch nicht auf ihre Textnachrichten antwortete. Sie hatte ihm heute beizeiten eine gute Fahrt zur Arbeit gewünscht und sich bereits mehrfach nach seinem Befinden erkundigt. Als sie bis zum Nachmittag noch immer nichts von ihm gelesen oder gehört hatte, war ihr endgültig klar, dass irgendetwas so ganz und gar nicht stimmte. Das war nicht seine Art. Er war eher mitfühlend und ihr gegenüber mitteilsam.
Schließlich wählte Carolin seine Nummer. Es klingelte, doch Paul nahm den Anruf nicht entgegen. So langsam machte sie sich Sorgen und rief Ingvar, den Eigentümer des Hauses, in dem Paul die untere Etage bewohnte, an. Ingvar meinte nur, er habe seinen Mieter nicht mehr gesehen, seit dieser ihm geholfen hatte, seinen Haustürschlüssel wiederzufinden.
Carolin fand wenig Schlaf in der folgenden Nacht und träumte wirres Zeug. Am nächsten Morgen machte sie die Telefonnummer von Pauls Arbeitgeber ausfindig.
Paul sei nicht auf der Arbeit erschienen und man wisse auch nicht, wo er stecke, war die freundliche, doch leider wenig hilfreiche Auskunft. Das bestärkte Carolins Eindruck einer aus den Fugen geratenen Gegenwart.
‚Die Welt ist kaputt und nur noch von Olmen bewohnt', dachte sie sich.
Immer wieder versuchte sie erfolglos, ihren Liebsten irgendwie zu erreichen. War es doch Pauls Plan gewesen, sie in zwei Tagen zu besuchen. Trotz aller schlechter Vorzeichen freute sich Carolin auf ihren Herzensmann.

Und obwohl sie ihn nicht hatte erreichen oder etwas über ihn in Erfahrung bringen können, fuhr sie zwei Tage später mit der Regionalbahn zum Berliner Flughafen.
Die Anzeigetafel verkündete die um elf Minuten verfrühte Landung des *Norwegian Air*-Fluges 1183 aus Bergen.
Beinahe zwei Stunden lang verharrte Carolin regungslos stehend, hoffend, fragend, trauernd, sich immer wieder selbst neuen Mut zusprechend vor der milchglasigen Schiebetür, durch die hunderte Reisende die Hauptstadt betraten. Nur ihr Paul war nicht unter ihnen.
Verzweifelt begriff sie schließlich, dass ihr Seelenverwandter nicht durch diese Pforte kommen würde.
Von quälender Ungewissheit gepeinigt suchte und fand sie den Verschlag, an dessen Eingangstür der rote Schriftzug *Norwegian Air* zu lesen war. Kurzerhand buchte sie bei der freundlich kompetenten Norwegerin, die ganz unscheinbar an ihrem Schreibtisch saß, den nächsten freien Platz in einem Flieger nach Bergen.
Carolin verbrachte die Nacht bis zum Abflug um 6:30 Uhr auf einer der ungemütlichen Sitzgelegenheiten nahe des Gates achtundzwanzig. Schlaf fand sie nicht.

In Bergen angekommen, fuhr sie mit der Straßenbahn bis zum *Lagunen-Senter* und stieg dort in den Sechshunderter um. In Trolldalen verließ sie den Bus wieder und nahm dann zu Fuß die Abkürzung durch die Gärten.
Die Tür zu Pauls Zuhause war unverschlossen. Wie immer, wenn dieser entweder daheim oder nur kurz unterwegs war. Etwa zum Einkaufen bei *Menu* oder *Kiwi*.
Seine Arbeitsschuhe standen draußen unter einem der beiden schwarzen Gartenstühle.
Vorsichtig, auf das Schlimmste gefasst, betrat Carolin die Wohnung. Die in der Diele ordentlich auf Bügeln hängenden Jacken und T-Shirts verströmten vertrauten Geruch. Die Fußbodenheizung im Bad war eingeschaltet.

Die Bettdecke im Schlafzimmer zum Auslüften zurückgeschlagen. Pauls Teddy schien noch vor Kurzem geknuddelt worden zu sein. Die Anordnung der Kissen auf dem Sofa in der Stube ließ darauf schließen, dass Paul hier unlängst gemütlich eine Folge seiner Lieblingsserie angesehen hatte. Neben einem auf dem Couchtisch stehenden benutzten tiefen Teller lag ein großer Löffel. In dem unabgewaschenen Wok auf dem Herd schimmelte ein Rest gebratener Nudeln mit Käse. Im Arbeitszimmer lag Pauls Lieblingsbuch, *Sprachgedacht,* aufgeschlagen auf dem Schreibtisch.
‚Ach, so ein Mist!', fand Carolin Pauls Smartphone auf dem kleinen Esstisch. ‚Warum hab ich mir den Entsperrcode nicht besser eingeprägt!', machte sie sich wie zu oft Selbstvorwürfe.

Sie klingelte bei Ingvar, der sich freute, sie wiederzusehen und darauf bestand, dass sie mit ihm in seiner Küche einen Tee trank. Leider konnte er jedoch nichts Neues über Pauls Verbleib berichten.
Es gab mehr offene Fragen als Antworten.
Natürlich machte sie sich in erster Linie Sorgen um Pauls Wohlergehen. Dann mischten sich mehr und mehr Unverständnis und Zorn in Carolins Gefühle. Aber sie liebte ihn. Und je länger sie sich in seiner Wohnung aufhielt, desto mehr wurde sie von zunehmender Traurigkeit überwältigt. Sie gab den Pflanzen Wasser und betrachtete immer wieder wehmütig all die schönen Erinnerungsstücke an den Pinnwänden, den Fotoleisten und am Kühlschrank, denen sie überall in Pauls Räumlichkeiten begegnete.
Ständig den Tränen nahe trat sie, sich verzweifelt machtlos fühlend, einige Tage später die Rückreise nach Deutschland an.

XXIII / I

Pausenlos waren sie durch dunkelfeuchte Mischwälder, über mit in tausend Farben blühenden Blumen übersäte, hochgrasige Wiesen und geröllbedeckte, trockene Landstriche gewandert.
„Wir übernachten hier“, deutete Paul auf die Böschung neben der anvisierten Straße, als der Abend sein Rot über das Land warf. Gustav bekam seine wohlverdiente Portion Pfirsichkompott und endlich Wasser.
Irgendwie passte hier einiges nicht so recht zusammen. Zum Beispiel waren die grün knospenden Zweige der Bäume mit Raureif überzogen, doch Paul und Anne froren nicht. Sie schätzten die Lufttemperatur auf etwa vierzehn Grad. Und, inzwischen ein gehöriges Stück nordwärts gelangt, entsprach auch die Helligkeit der Einzug haltenden Nacht ganz und gar nicht der Jahreszeit.
Aber was war schon normal? Woran konnte man sich eigentlich überhaupt noch orientieren? Oder an wem? Machte es noch Sinn, über eine Zukunft nachzudenken?
‚Es wird sich fügen. Das Universum und wer oder was auch immer dahintersteckt, hat einen Plan‘, erinnerte sich Paul an Carolins Worte.
Worte, Zeilen ... von ihr auf Papier gebracht. Buchgeworden. Zeugnis eines wachen, nachdenklich empathischen Geistes.
‚Verdammt‘, vermisste Paul Carolins Bücher, die wie Karten von den synaptischen Verbindungen eines hellbetrübten Gehirns wirkten.
‚Man muss sie nur richtig lesen‘, gab es so viel, das er so gern noch über seine Liebe erfahren hätte, und dachte an ihre augenschmückenden bezaubernden Lachfältchen, nachdenklich hochgezogenen Augenbrauen und bei Weltunverständnis faltenbildenden Lippen.

„Ich liebe dich!“, flüsterte Paul gedankenverloren.

„Machst du jetzt endlich mal Feuer oder willst du lieber weiterträumen?“, warf Anne missgelaunt die trockenen Zweige, die sie gesammelt hatte, Paul vor die Füße.
„Ja, schon gut“, entging diesem, obwohl unsanft aus seinen Gedanken gerissen, nicht die schlechte Stimmung seines Mädchens.
Während er das Holz mit einem Feuerzeug entflammte, versuchte Paul, den Grund für Annes Gemütszustand zu erkennen. Waren es Hunger und Durst, die ihr zusetzten? Verwunderlich wäre es nicht. Hatte sie vielleicht ihre Tage? Um die Situation nicht zu verschlimmern, fragte er vorerst lieber nicht weiter nach. Wie er seine Anne kannte, würde sie früher oder später schon mit der Sprache herausrücken.

Paul hatte es sich später auf einem umgekippten Baumstamm gemütlich gemacht. Anne saß ihm gegenüber im Schneidersitz auf dem tannnadelbedeckten Waldboden, während sie abwechselnd die über dem Feuer erwärmte Linsensuppe aus einer Konservendose löffelten.
„Ich kann es nicht mehr sehen“, bildete sich schließlich eine tiefe Denkfalte zwischen Annes Augenbrauen.
„Dieses leuchtende Ding?“, hatte Paul offenbar die richtige Vermutung. Sie hatten bei ihrer Flucht den altmodischen Diabetrachter zurücklassen müssen.
„Ja, ich vermisse es. Es war so schön, hindurchzusehen!“
„Aber du weißt schon noch, wohin wir müssen?“, war Paul darüber erleichtert, dass sich Annes Groll nicht gegen ihn richtete.
„Ja, ich kann es fühlen.“
„Lass mich raten. Nach Norden?“
„Das weißt du doch“, stand Anne auf, um ihren Gefährten wortlos innig zu umarmen.
Während der mild gestimmten Nacht schliefen die beiden einen erschöpfungsbedingt tiefen, erholsamen Schlaf. Nur Kater Gustav ging unterm milliardenfach besternten, wolkenlosen weiten Himmel auf Pirsch.

Und machte Bekanntschaft mit Spinnen und pelzigen Feldmäusen.
Zu dem feudalen Frühstück mit noch im Haus aufgebackenen Brötchen mit Erdnussbutter und Blaubeerkonfitüre gab es ein mit Wasser und Trockenmilchpulver angerührtes Getränk, das mit gutem Willen tatsächlich an Milch erinnerte.
„Na dann", schulterte Paul schließlich sein Gepäck.
Anne tat es ihm gleich.
„Hier entlang", deutete sie in Richtung Osten, nachdem sich Paul einige Male rat- wie ziellos um seine Achse gedreht hatte.
Nach einer geschätzten dreiviertel Stunde näherten sie sich einer Straßeneinmündung. Auf einem grünen Schild stand dort in Weiß: *E39*. Jetzt erst realisierte Paul, was ihm schon seit geraumer Zeit merkwürdig vorkam: Es gab weit und breit keine verlassenen Fahrzeuge.
„Ich war das nicht", reagierte Anne kopfschüttelnd auf die fragenden Blicke ihres Begleiters. Nach etwa einer weiteren halben Stunde erschien, gelb leuchtend, eine teils vermooste Hinweistafel: *Øydegard 6 km*.
Das Nest bestand aus einer Ansammlung von vielleicht dreißig Häusern. Immerhin gab es am Ortsausgang eine Tankstelle der Kette *Circle K*. Paul stutzte und sah sich die Reklametafel genauer an. Tatsächlich war *Zirkel K.* der Schriftzug darauf. Schokolade, Chips und Wasser in Plastikflaschen waren hier zu ergattern. Und Straßenkarten. An der Mauer neben der Waschanlage lehnten zwei ungesicherte Fahrräder mit ausreichend Luft in den Reifen.
‚Danke, Universum!', freute sich Paul über diese Fügung. Kräftig in die Pedale tretend kamen er und Anne nun zügig voran. Nach einigen Kilometern mussten sie jedoch ihre Fahrt an einem Fährhafen unterbrechen. Den sich vor ihnen erstreckenden Fjord überspannte leider keine Brücke.
‚Verdammt!', kramte Paul eine der Straßenkarten hervor.

Das Gewässer zu umfahren, würde sie mehrere Tage Lebensenergie kosten.
Er sah sich in der Umgebung um. In einigen hundert Metern Entfernung machte er ein Gebäude direkt am Ufer aus.
„Das Haus dort drüben könnte ein Bootsschuppen sein. Mit etwas Glück ist darin vielleicht sogar etwas, das uns ans gegenüberliegende Ufer bringen kann. Die Fahrräder nehmen wir mit“, ging er voraus.

Nach scheinbar nicht enden wollendem beschwerlichem Marsch entlang des unwegsamen Ufers standen Paul und Anne schließlich schweißüberströmt tatsächlich vor einem rot-weiß gestrichenen *Naust*, wie man es hier nannte.
Das Vorhängeschloss an der Tür sah aus wie neu. An dem Scharnier, an dem es hing, waren jedoch deutliche Spuren der Zeit zu erkennen. Für Paul war es ein Leichtes, die durchgerosteten Schrauben aus ihrem Holzbett zu reißen.

Im Inneren des Schuppens roch es nach einer feuchten Mischung aus Moos, Schimmel und Verwesung. Bei seinem ersten Schritt hinein trat Paul prompt auf einen der zahlreichen Mäusekadaver. Leise knirschend barsten filigrane Knochen unter seinem Schuh.
Als sich ihre Augen an die Düsternis gewöhnt hatten, bemerkten Anne und Paul zunächst die riesigen, weiß-grau schimmernden Spinnennetze, mit denen die Wände überwoben waren. Große schwarze Käfer krabbelten Schutz suchend fluchtartig über moosbedeckte Planken in noch dunklere Ecken. Einige Spatzen flatterten erschrocken durch ein glasloses Fenster im Giebel aus dem maroden Gebäude. Paul und Anne zuckten zusammen, als plötzlich ein Höllenlärm ausbrach. Sie brauchten einen Moment, um dessen Quelle zu bestimmen. Eigroße Hagelkörner schlugen nun auf das metallene Dach. Gustav reckte verschreckt seinen Schwanz in die Höhe.

‚Mal wieder Glück gehabt', war Paul froh darüber, dass sie um die Schmerzen, die die im Freien auf sie einschlagenden Eisklumpen erzeugen würden, herumkamen.

Es dauerte eine gefühlte Ewigkeit voller Hoffnung, das Blech würde dem Niederschlag standhalten, bis der ohrenbetäubende Spuk vorbei war.
Es folgte Totenstille. Als wäre die Welt ins Koma gefallen. Erst nach weiteren schier unendlichen Minuten konnte man wieder im Wind raschelnde Blätter und zwitschernde Vögel hören.
„Kommst du?", fragte Anne ungeduldig, deren Sinne sich offenbar schneller als Pauls normalisiert hatten. An der gegenüberliegenden Wand hatte sie ein aufgebocktes kleines Ruderboot entdeckt. Im dürftigen Licht, das die Flamme eines der Feuerzeuge spendete, suchte Paul den Kunststoffrumpf nach potenziellen Undichtigkeiten ab.
„Sieht soweit okay aus. Wir sollten das Ding irgendwie zu Wasser lassen und sehen, ob es wirklich keine Lecks hat", öffnete er die dem Fjord zugewandte Flügeltür mit einem ordentlichen Tritt.
‚Verdammt!' Das kleine Ding war deutlich schwerer, als es aussah, stellte Paul bei seinem Versuch, es von dem Gestell zu hieven, fest.
„Moment!", starrte Anne regungslos eine Weile auf das Boot. „Versuch es nochmal", bat sie dann. Erneut schlug das Bemühen des kräftigen Mannes fehl.
„Okay, warte!"
Paul überkam ein ungutes Gefühl, als Annes ganzer Körper zu zittern begann und sich ihre Pupillen erst wie auf Drogen weiteten und dann nach oben rollten, bis nur noch das Weiße in ihren Augen zu sehen war. Wie statisch aufgeladen standen ihre langen schwarzen Haare in alle Richtungen ab.
„Jetzt!", kam Anne schließlich und endlich wieder in diese Welt zurück. „Es wird nicht lange anhalten."

Gemeinsam bekamen sie das Schwergewicht tatsächlich zu Wasser gelassen.
‚Was zum ...', war sich Paul sicher, Anne wäre gerade stark genug, den Kahn auch allein tragen zu können.
„Danke, Sonnenschein!"
Nun doch zunehmend erschöpft nickte das Mädchen nur wortlos. Wohl aber auch, weil Anne meinte, Pauls Dank nicht verdient zu haben. Sie gestand sich puren Eigennutz ein. Wollte sie doch um jeden Preis so schnell wie möglich weiter.
Nach Norden.

Die Mühe hatte sich gelohnt. Der Pott war dicht. Eilig wurden die Fahrräder und Rucksäcke an Bord verfrachtet. Gustav, dem das alles nicht ganz geheuer war, ließ sich schließlich doch dazu bewegen, ins Boot zu springen. Zufrieden schnappte sich Paul die Riemen, die außen an der Schuppenwand lehnten.
‚Verdammt!'
„Wir werden die Dinger wohl als Paddel benutzen müssen", bemerkte er beim Ablegen das Fehlen von Dollen.
Wind wehte, kaum spürbar, nur leicht. Einladend dunkelblau lag das salzige Wasser des Fjords wellenlos vor ihnen. Im Boot stehend, die Riemen wie Paddel verwendend, glitten Anne und Paul über das Blau gen gegenüberliegendem Ufer. Das Ganze hatte eine belebende und zugleich beruhigende Wirkung und machte den beiden sogar Spaß.
„Schade! Schon vorbei", bedauerte Anne erquickt, als der Bug des Kahns nach etwa siebenhundert Metern auf den schmalen Streifen kiesigen Strandes auflief.
„Ja. Hätte ruhig länger dauern können", hatte auch Paul die Überfahrt genossen. „Dann schaffen wir heute sicher noch ein paar Kilometer", erfreute er sich an dem goldenen Licht, das die Sonne nun friedlich großzügig spendete.

**Hast Bildung nur zu karg genossen,
als deine Welt noch Wunder barg.
Von Neugier einst komplett durchflossen,
bist träge heute bis ins Mark.**

**Hast nie gelernt, arg weit zu denken,
und hoffst, man möge dich erlösen.
Glaubst an Propheten — soll´n dich lenken,
befrei´n von all dem Bösen.**

XXIII / II

Nachdem sie, ihr Gepäck geschultert, die Zweiräder eine leicht ansteigende Böschung hinauf über Stock und Stein geschoben hatten, befanden sich Paul und Anne schließlich wieder auf der E39.
Vom milden Fahrtwind sanft umschmeichelt, folgten sie beschwingt dem schwarzgrauen Band aus Asphalt weiter nordwärts in Richtung Valsøy.
Paul stellte sich vor, wie schön es wäre, diese Tour mit Carolin in seinem alten Audi zu unternehmen. Vielleicht mit einem Abstecher zur *Atlantic Ocean Road*.
Anne lauschte dem Summen der Fahrradreifen, das sich unaufdringlich zu dem unzähliger Hummeln und dem Gesang der Vögel gesellte, und erfreute sich am Anblick schroffer Felsen und sattgrüner Wiesen. Hie und da knabberten wollflauschige Schafe an Grashalmen. Sie vergaß sogar für eine Weile dieses blinkende, seine Form und Farbe ändernde Was-auch-Immer, das sie zu leiten schien.
„Hier gibt es ganz bestimmt Trolle", bemerkte Paul natürlich Annes Hochstimmung, als sie im zunehmenden Abendgrau einen dicht bewachsenen, duftenden Mischwald erreichten.
„Dann lass uns hier übernachten! Vielleicht treffen wir ja einen", lachte Anne ausgelassen.

Natürlich war die Kleine schon lange wach, bevor Paul, der alte schnarchende Mann, von Sonnenstrahlen, die sich ihren Weg durch das dichte Blätterdach bahnten, aus seinem Schlaf mit all den merkwürdigen Träumen gekitzelt wurde.
Oder waren es Annes Stupser, die ihn letztlich weckten? Oder war es das Fauchen des Katers?
‚Verdammt! Was ...', hatte er kaum seine Augen geöffnet und erkannte sich von drei Gestalten umgeben.

Sofort in Verteidigungsmodus versetzt, richtete er sich auf und sah zunächst nach seinem Mädchen. Anne war unverletzt und wohlauf, auch wenn sie angespannt wachsam die Fremden nicht aus den Augen ließ.
‚Verdammt! Schon wieder überrumpelt', zweifelte Paul da mal wieder an seinen Fähigkeiten als Beschützer.
„Was zum Teufel ...", ergriff er das Gewehr.
„Schon gut! Sie werden uns nichts tun", wurde er von Anne unterbrochen.
„Willkommen!", gab da eine langhaarige Frau, die unweit auf einem Baumstumpf hockte, von sich.
„Keine Angst! Wir warten schon so lange auf euch", sprach sogleich ein etwas heruntergekommen wirkender schmächtiger Typ mit wettergegerbter dunkler Haut, der etwas weiter oberhalb am Hang auf einem rundgeschliffenen Findling saß.
„Wir freuen uns sehr darüber, dass ihr nun endlich eingetroffen seid! Bitte folgt uns auf unsere Insel", empfahl ein ungepflegtes, dem Kindesalter gerade entwachsenes Mädchen mit langem fettigem Haar, welches unter seiner Schmutzschicht wohl hellblond sein mochte. Anne nickte Paul unmerklich zu.

Nach einigen hundert Metern befanden sich alle auf der schmalen Brücke, die Valsøy mit dem Festland verband.
„Okay, sauber", sprach ein in eine Art Uniform gekleideter, durchtrainierter Mann in ein Funkgerät, nachdem er die Neuankömmlinge abgetastet, deren Gepäck durchsucht und Messer, Feuerzeuge, Zigaretten sowie Gewehr beschlagnahmt hatte.
„Willkommen! Ich bin die Bürgermeisterin. Ihr seid sicher durstig und hungrig. Folgt mir! Ich führe euch zu unserem Restaurant", erschien nun eine schicke, gepflegte Mittvierzigerin. Sie erinnerte Paul an eine dieser Abgeordneten, die sich vor ihren belanglosen Reden vorm Parlament von Modeberatern und Visagisten durchstylen ließen.

Behänden Schrittes, als müsste sie dringend zu ihrem nächsten Termin, eilte die große schlanke Frau in ihren makellos sauberen, dunkelrot glänzenden Stilettos voraus.
„Oh, wie süß!“, kam ein völlig verdreckter Junge herbeigelaufen und streichelte Gustav. Dessen Schnurren bekundete eindeutig Gefallen an dieser Zuwendung.
‚Ich glaube, wir sind im falschen Film‘, empfand Paul das Spalier, das mehrere dutzend Menschen bildeten, als surreal. Die Frauen, ausnahmslos in lange Kleider gehüllt, starrten still unterwürfig auf ihre Fußspitzen, während sich die Männer, ehrerbietig ihre Kopfbedeckungen abnehmend, eine Spur zu tief verbeugten.

„Wow!“, brachte Anne beim Betreten des Restaurants ihre Begeisterung zum Ausdruck. Auch Paul war beeindruckt von dem gemütlichen, zum Verweilen einladenden Ambiente in dem Lokal. Es roch nach frisch gebackenen Brötchen, Brot mit knuspriger Kruste und aromatischem Kaffee.
„Herzlich willkommen!“, wurden Paul und Anne von einem Kellner, dessen Kleidung, bestehend aus schwarzer Hose und weißem, langärmligem Oberhemd, jene Vermutung bestätigte, zu einem liebevoll mit Butterblumen, Kerze und Besteckkörbchen dekorierten Ecktisch geleitet.
„Was auch immer Sie aus unserem bescheidenen Angebot auswählen, geht aufs Haus“, legte der Serviteur eine Speisekarte auf die mit einem blütenweißen Tuch bedeckte Tafel und zog sich diskret zurück.
„Zwei große Kaffee, bitte!“, rief Anne dem Mann promt hinterher.
‚Sie kennt mich wirklich zu gut. Dann trinkt sie wohl ab heute auch Kaffee‘, dachte sich Paul, als auch schon die herrlich duftenden Heißgetränke serviert wurden.
„Mann, ist der gut!“, war Paul nach dem ersten Schluck überzeugt und schob Anne wie selbstverständlich den Zuckerstreuer zu.

„Da bin ich mal gespannt", schlug er also neugierig das Menü auf.
Omelett mit Käse war der erste Eintrag unter: *Frühstück von 7:00 bis 11:00 Uhr*. Auf der Seite *Mittagsgerichte ab 12:00 Uhr* fiel ihm sogleich das *Schnitzel mit Bratkartoffeln* auf. Während er Anne die Karte reichte, suchte er instinktiv nach einem Zeitanzeiger. Das große schwarze, runde Ding an der Giebelwand verkündete 11:38 Uhr.
‚Schon merkwürdig, wie schnell das geht', lächelte er über sich selbst in sich hinein ob der plötzlich wiedergekehrten Wichtigkeit von Zeit.
„Haben Sie schon gewählt?", stellte der Ober mit den perfekt manikürten Fingernägeln ein Schälchen mit Crackern auf den Tisch.
„Ist es zu früh für ein Schnitzel?"
„Selbstverständlich nicht!", war die erhoffte Antwort.
„Und was darf es für dich sein, Prinzessin?", wandte sich der Kellner an Anne.
„Eierkuchen bitte."
„Mit Blaubeer- oder Erdbeerkonfitüre?"
„Blaubeer."
In einem Anflug von väterlicher Eifersucht bemerkte Paul Annes verzücktes Lächeln.
„Kommt sofort!"

„Ich weiß! Mach einfach mit", hatte Anne selbstverständlich Pauls misstrauischen Blick längst bemerkt. Sie teilte dessen Eindruck, dass hier irgendetwas nicht stimmte. Gustav bekam nun einen Napf mit frischem Wasser vorgesetzt.
‚Wenn das Essen nur halb so gut ist wie der Kaffee …', beschloss Paul, das Beste aus dieser einmal mehr unwirklichen Situation zu machen. Gute Mahlzeiten und ausreichend zu trinken konnten jedenfalls nicht schaden. Draußen vorm Fenster schoben vier Frauen Kinderwagen den Bürgersteig entlang.

Auf der gegenüberliegenden Straßenseite fiel Paul eine Gruppe von Kindern auf. Die sieben Kleinen schienen alle im selben Alter von etwa zwei Jahren zu sein. Von zwei Männern betreut, liefen sie zielgerichtet, offenbar vorfreudig ausgelassen lachend an der nächsten Kreuzung nach links.
„Herzlich willkommen, mein Name ist Harald", servierte da ein wohlgenährter rotwangiger, mit einem weißen Kittel und weißer Kochmütze ausstaffierter Mann routiniert die Speisen. „Ich wünsche guten Appetit und wenn irgendetwas nicht zu Ihrer Zufriedenheit ist, scheuen Sie sich nicht, dem Kellner Bescheid zu geben."
„Darf es noch etwas zu trinken sein?", kam dieser prompt mit Salz und Pfeffer. „Vielleicht ein Apfelsaft?", wandte er sich an Anne, die lächelnd nickend zustimmte. „Und für Sie ein Bier?", schlug er nun Paul vor.
„Haben Sie auch Weißwein?"
„Zurzeit leider nur einen deutschen Riesling."
„Das wäre perfekt."
„Kommt sofort!"
Das goldbraun panierte Schnitzel bedeckte gut die Hälfte des großen Tellers. Die Bratkartoffeln dufteten herrlich nach Speck und Zwiebel.
„Mmmm, lecker!", war Paul nach dem ersten Bissen von den auf den Punkt zubereiteten Röstlingen begeistert. Nicht einmal Salz musste er noch darüberstreuen. Annes Eierkuchen war durchaus eine vollwertige Hauptmahlzeit. Begeistert haute sie, wortlos auf die Köstlichkeit fokussiert, mit großen Augen kräftig rein.
„So muss ein Schnitzel sein!", bedankte sich Paul beim Ober, als dieser den wohltemperierten Wein und Annes gekühlten Fruchtsaft servierte. Anne nahm sogleich große Schlucke von ihrem Getränk und genoss die erfrischende Wirkung.

Eine Gruppe Frauen betrat nun das Lokal und nahm am anderen Ende des Saales an einem runden Tisch Platz.

Der Kellner brachte unaufdringlich, doch beeindruckend aufmerksam mehr Blaubeerkonfitüre für Anne.

‚Warum nur ...', fragte sich Paul, der immer wieder zu den Frauen hinüberschauen musste, die sich dort drüben schier artig an die Tafel gesetzt hatten. Fleißige Bienen und Ameisen kamen ihm in den Sinn, als sich nun drei weitere Servicekräfte, als hätten sie nur auf das Eintreffen der Damen gewartet, um deren Wohlergehen kümmerten. ‚Sie sind schwanger', bemerkte er schließlich die Wölbungen unter deren Kleidern. Doch da war noch mehr. Diese sieben Frauen waren jung, sehr jung. Zwischen neunzehn und dreiundzwanzig Jahre alt? Und noch etwas realisierte Paul schließlich: Alle waren groß gewachsen, zierlich und langhaarig.
Ungefragt, doch sehr passend und genau zum richtigen Zeitpunkt, brachte der Kellner zum Abschluss noch zwei große Tassen Kaffee.
„Danke für Ihren Besuch! Eine unserer Botinnen erwartet Sie schon", deutete er in Richtung Tür.

„Ich habe die Ehre, Sie zu Ihrer Unterkunft geleiten zu dürfen. Bitte folgen Sie mir", wurden Paul und Anne draußen vor dem Restaurant kaum hörbar von einem halbwüchsigen, schüchtern dreinblickenden Mädel in Empfang genommen.
Die mit Papieren vollgestopfte Umhängetasche über dessen Schulter musste schwer sein. Wieder nickte Anne Paul unmerklich zu.
„Was trägst du denn da mit dir herum?", versuchte dieser nun, die Stimmung zu entspannen.
„Das ist die Post von heute. Ich bin Kari", ging die schwitzende Teenagerin mit ihrer Last voran. So schnell, dass Paul und Anne Mühe hatten, ihr zu folgen.
„Hier werden Sie vorübergehend wohnen. Trude erwartet Sie bereits", verabschiedete sich Kari auf ein dreistöckiges Mehrfamilienhaus deutend.

„Hallo, hallo!“, erschien auch gleich eine untersetzte, deutlich übergewichtige Dame in mittlerem Alter im Eingang zu Haus Nummer sechs in der Ivar-Aasens-Gate. „Ich bin Trude. Trude Olsson. Willkommen!“, stieg sie, mit ihren auffallend kurzen Armen winkend, vorsichtig balancierend die drei flachen Stufen zur Straße hinab, als würde sie eine schwierige Übung auf einem Schwebebalken absolvieren. „Kommen Sie! Kommen Sie!“, stakste Trude unkoordiniert gestikulierend den Neuankömmlingen entgegen. Paul und Anne kamen der Bitte nach und gingen nun auf die aufgeregte Frau zu. „Bitte folgen Sie mir“, wedelte Frau Olsson hektisch mit einem Blatt Papier, das wie ein Formular aussah. „Hier werden Sie vorläufig wohnen. Unsere Handwerker arbeiten bereits daran, ein Einfamilienhaus für Ihren Einzug vorzubereiten.“ Auch wenn die dicke Kurzhaarige an Dauerstress zu leiden schien, war sie wohl durchaus mitfühlend. „Keine Angst, Prinzessin! Wir machen für dich eine Ausnahme. Alle Bewohner sind einverstanden“, beruhigte sie Anne, die besorgt das große Schild im Eingangsbereich wahrgenommen hatte. *Keine Haustiere* war darauf zu lesen.
„Kommen Sie! Es ist gleich hier“, schleppte sich Trude schnaufend die paar Stufen zur ersten Etage hinauf. „Wenn Sie Fragen oder Wünsche haben, wenden Sie sich jederzeit an Morten oben in Zwei-null-acht“, übergab sie Paul den Schlüssel für Eins-null-sechs sowie das Formular und verließ wankend, schwer atmend das Haus.
Paul und Anne fühlten sich gelinde gesagt überrumpelt, doch waren sie auch neugierig. Also öffneten sie die Tür zu Wohnung Nummer einhundertsechs.
Diese war klein, doch hatte sie nach erster flüchtiger Inaugenscheinnahme alles, was man brauchte. Paul fiel der großzügige Vorrat an Kerzen und Streichhölzern auf der kleinen Kommode in der Diele auf.
„Also Strom scheint es nicht zu geben“, hatte er versuchshalber mehrere Lichtschalter betätigt.

Es klopfte an der Wohnungstür, als er gerade einen Blick ins Badezimmer, in dem einige mit Wasser gefüllte Eimer standen, warf. Er öffnete.
„Guten Tag und herzlich willkommen! Ich bin Morten", stellte ein langer, schlaksiger Kerl ein leicht aufgesetzt wirkendes Lächeln zur Schau. Die langen, rotstichigen blonden Haare, die er zu einem Dutt hochgesteckt trug, trieften beinahe vor Fett. „Ich wollte Ihnen nur unsere Insel-Info vorbeibringen", hielt Morten nun, mit nicht weniger gekünstelter Freundlichkeit, Paul einen gut gefüllten breitrückigen Ordner hin. „Wir haben aus Gründen der Sparsamkeit leider nur eine Ausgabe pro Wohnblock. Also, wenn Sie sie gelesen haben, legen Sie die Mappe bitte einfach vor meine Wohnungstür. So, und nun lasse ich Sie erst mal in Ruhe ankommen. Auf Wiedersehen."
‚Na, besser ist es auch', dachte Paul.
„Ach ja", drehte sich der schmierige Typ, bereits einige Stufen höher, gönnerhaft um. „Bitte legen Sie dann auch das ausgefüllte Formular dazu."
„Geht klar. Danke", war Paul froh darüber, dass sich der Unsympath endlich vom Acker machte. Und er hatte wirklich keine Lust, sich diesen Wälzer voller Informationen durchzulesen.
„Erzähl mir einfach das Wichtigste, wenn du durch bist", reichte er Anne die schwere Mappe. Mit einem vorwurfsvollen Augenaufschlag setzte diese sich auf einen der Stühle am Küchentisch und begann zu lesen. Wenn man das denn Lesen nennen konnte.
‚Normal ist das nicht!', fiel Paul auf, dass Anne nicht blinzelte, während sie sich auf das bedruckte Papier konzentrierte. Als würde sie den Text scannen, blätterte sie alle paar Sekunden weiter und nach etwa drei Minuten fasste sie zusammen:
„Also, Trinkwasser kann man im Gemeindezentrum bekommen. Maximal fünf Liter am Tag pro Person. Die leeren Plastikflaschen wieder dort abgeben.

Für die Toilettenspülung Wasser vom Fjord holen. Hmm ...“, überlegte Anne kurz. „Strom gibt es dienstags und donnerstags von 17 bis 19 Uhr und sonntags von 11 bis 13 Uhr in den Gemeinschaftsräumen. Lebensmittel werden nach Prüfung des individuellen Bedarfs im Hauptlager ausgegeben. Rauchen ist verboten. Alkoholische Getränke gibt es unter Aufsicht nur im Restaurant.“ Sie legte eine kurze dramatische Pause ein, als stünde ein großes Finale bevor.
„Hau raus!“, forderte Paul.
„Es gibt kein Geld als Zahlungsmittel. Alles wird gegen Arbeitsleistung getauscht.“
‚Okay, jedem nach seiner Leistung‘, musste Paul bei den Erinnerungen an sein abgebrochenes Studium der Rechtswissenschaften schmunzeln.
„Eines ist vielleicht noch wichtig“, versuchte Anne möglichst beiläufig zu klingen. „Es gibt eine Ausgangssperre zwischen 22:30 und 5:30 Uhr.“
„Interessant“, bildete sich da eine tiefe Falte auf Pauls Stirn, als er seine linke Augenbraue hochzog.
‚Vielleicht gibt es hier ja so etwas wie einen Schwarzmarkt‘, hätte er arg gern eine Zigarette geraucht, als erneut jemand klopfte. Er ging zur Wohnungstür, sah aber davon ab, sie zu öffnen. Ein Umschlag war darunter hindurchgeschoben worden. Neugierig lugte er in das unbeschriftete Kuvert.
‚Na, sieh mal an. Hat ja nicht lange gedauert‘, musste er schmunzeln, als er die darin enthaltene Notiz las:
Täglich von 16 bis 16:15 Uhr. Parkbank hinter der Kirche. Alles ist möglich. Ich trage ein rotes Halstuch. Vernichten Sie diesen Zettel.
Paul verbrannte das Papier im Waschbecken und spülte die verkohlten Reste mit salzigem Wasser aus einem der Eimer hinunter. Er sah durchs Fenster zur Kirchturmuhr.
‚Verdammt!‘ Es war schon halb sechs, stellte er bedauernd fest.
Und wieder pochte es da an die Wohnungstür.

‚Das ist hier ein verdammter Bienenstock!‘, dachte Paul, während er öffnete. Ein Knabe, vielleicht neun Jahre alt, in auffallend schmutziger Kleidung, stand dort im Hausflur:
„Hallo, ich bin Thorben. Ich hab hier ...“
„Bist du nicht der Junge, der unseren Kater so toll fand?“, unterbrach Paul das dürre schlaksige Kind.
„Darf ich ihn nochmal streicheln?“, fragte Thorben sogleich mit freudig großen Augen unbefangen, ohne Anzeichen von Schüchternheit. Als hätte er es verstanden, kam Gustav herbeigetapst und ließ sich schnurrend sein Bäuchlein kraulen.
„Okay, warum bist du wirklich hier?“, wollte Paul kein Spielverderber sein.
„Ach ja, also ich soll Ihnen das hier geben“, wuselte der Junge einen Briefumschlag aus seiner Hosentasche hervor. „Und ich soll Ihnen unsere Bänder erklären“, kramte er sodann ein Knäuel verschiedenfarbiger Wollfäden aus seiner anderen Hosentasche. „Sie müssen die Fäden um Ihre Handgelenke binden. Die roten sind am meisten wert. Ein rotes ist wie vier grüne. Ein grünes entspricht drei gelben bei der Nahrungsmittelausgabe. Sie bekommen gleich mehrere in allen Farben, weil Sie besonders sind!“
„Oh, dankeschön!“, mischte sich da Anne empathisch ein.
„Wohnst du hier im Haus?“, wollte sie wissen.
„Ja, oben in Zwei-null-acht.“
„Und was bedeutet das weiße Band da bei dir?“
„Dass man nicht verhungern oder verdursten muss“, sah Thorben, als wäre es seine Schuld, erst auf sein Handgelenk und dann beschämt zu Boden.
„Danke! Gibst du das bitte deinem Vater?“, drückte Paul dem Buben Inselordnung und ausgefülltes Formular in die Hand. „Und komm jederzeit vorbei, wenn du Lust hast, mit Gustav zu spielen.“
‚Vielleicht kann man von dem Bengel ja etwas Inoffizielles erfahren‘, erhoffte sich Paul.

„Welcher Tag ist hier eigentlich gerade bei euch?“, hatte er eine Eingebung.
„Na, Donnerstag!“, meinte der Kleine leicht verwundert ob dieser Frage. „Wenn Sie sich beeilen, können Sie unten im Gemeinschaftsraum noch warm duschen“, schaltete er jedoch sogleich und konnte sich ein freches Grinsen nicht verkneifen.
„Ich mag den Jungen“, verriet Anne später.
„Ich auch irgendwie. Er scheint knorke zu sein“, war Pauls Einschätzung.
„Meinst du, wir dürfen Gustav mitnehmen?“, betrachtete Anne bekümmert dessen Fell.
„Das machen wir einfach. Der Süße könnte eine gründliche Wäsche mehr als vertragen“, nahm Paul den Kater auf den Arm.

Die Duschen waren offensichtlich in Eile und provisorisch in den kollektiven Räumlichkeiten im Untergeschoss installiert worden. Doch sie waren makellos sauber. Es roch nach Desinfektionsmittel und Lufterfrischer.
Bitte benutzen Sie die Handtücher mehrmals, bevor Sie sie in den Wäschekorb geben! Sollten Sie nicht über eigene verfügen, können Sie sie mit nach Hause nehmen. Danke, dass Sie uns die Arbeit erleichtern und Ressourcen sparen. Ihre Serviceabteilung.
Die auf einen Zettel handgeschriebene Bitte war mit zwei Reißzwecken an ein Regal gepinnt worden. Mehrere dutzend der Textilien in unterschiedlichen Größen lagen sorgfältig gefaltet und ordentlich übereinandergestapelt in dem Gestell.
„Wow!“, bemerkte Paul die gut gefüllten Seifenspender in den Kabinen. *Bitte sparsam gebrauchen!*, stand von Hand darauf geschrieben.
Nach ausgiebigem Genuss warmen Wassers, das über ihre Körper rann, Anne hatte sich liebevoll um Gustavs Fell gekümmert, wurden, zurück in der Wohnung, die Tücher zum Trocknen über Stuhllehnen gehängt.

„Wollen wir uns die Nahrungsmittelausgabe mal ansehen?“, war Paul nicht weniger neugierig als sein Mädchen.
„Ja, lass uns gleich losgehen.“
Die mehr als zahlreichen Hinweisschilder dorthin waren an Hauswänden, Bäumen, Schaufenstern, Abfallbehältern und Parkbänken befestigt worden. Rote Pfeile wiesen unter dem Schriftzug *Lebensmittel 24/7* den Weg zum Hauptlager.
‚Das passt aber nicht zur Ausgangssperre‘, dachte Paul.

„Ah, ihr seid endlich da. Kommt näher! Wir alle hier freuen uns über eure Ankunft“, winkte ein hochgewachsener, sympathisch lächelnder Mann Paul und Anne zu sich, gleich als diese durch die Tür zur Nahrungsmittelausgabe getreten waren.
„Ich bin Pjotr und freue mich, euch kennenlernen zu dürfen“, sprach der Mann in gebrochenem Norwegisch.
„Wir sind …“, setzte Paul zu einer förmlichen Vorstellung an.
„Ich weiß! Paul und die Prinzessin“, fiel ihm Pjotr ins Wort. Dieser stand nun bestimmt von seinem Stuhl hinter dem einfachen Holztisch auf und sah Paul vielsagend mit einem kaum wahrnehmbaren Kopfschütteln in die Augen. Dieser zügelte daraufhin, wortlos verstehend, seinen Drang, die Szene, die sich in der gegenüberliegenden Ecke der schmucklosen Halle abspielte, genauer zu betrachten. Ein kräftiger Vollbärtiger mit einem gelben Aufnäher auf seinem schwarzen T-Shirt drängte dort, dessen Oberarm fester als nötig umfassend, ein kleines Mädchen vor sich herschiebend aus dem Gebäude.
„Wonach steht euch denn der Sinn?“, wollte Pjotr eine Spur zu laut wissen, als Gustav erhobenen Schwanzes auf den Tisch sprang. „Na, du bist ja frech!“, streichelte er ganz entzückt den Kater. „Und so ein schönes Fell!“
„Frisch gewaschen!“, gab Anne lächelnd Auskunft.
Sie und Paul schauten sich leicht verwundert um.

Keinerlei Lebensmittel waren zu sehen.
„Oh, ja. Wir wollen keine unnötigen Begierden wecken. Wie es früher im Kapitalismus üblich war. Und, na ja, ich bin angehalten, aufkommende Wünsche in die richtigen Bahnen zu lenken“, beantwortete Pjotr Pauls und Annes unausgesprochene Frage.
‚Ach du Sch…‘, kamen da Paul lang verschüttete Erinnerungen in den Kopf. Ein solches System hatte er schon zur Genüge erlebt.
„Ja, ich weiß nicht“, war er daher zunächst verwirrt.
„Wäre denn Brot zu unrealistisch?“, fragte er schließlich.
Stolz lächelnd öffnete Pjotr eine Tür der hinter ihm aufgereihten Schränke.
„Es wurde heute Vormittag gebacken und ist einfach köstlich!“, legte er einen runden Laib auf den thekenähnlichen Tisch. Tatsächlich lief Paul und Anne beim Anblick des duftenden Backwerks das Wasser im Munde zusammen.
„Eine Konserve Leberwurst?“, bot Pjotr zudem an.
„Gute Idee!“, meinte Paul.
‚Kleines Schlitzohr‘, bemerkte er schmunzelnd Annes herzerweichenden Augenaufschlag, als diese fragte:
„Gibt es vielleicht auch etwas Süßes?“
Zwinkernd zauberte Pjotr aus einem der Spinde ganz hinten ein Glas Erdbeermarmelade hervor und ließ es in einem Plastikbeutel verschwinden, als der Kräftige mit dem schwarzen T-Shirt zurückkehrte, sich auf den Stuhl in der gegenüberliegenden Ecke setzte und sich mit aufgesetzt ernster Miene umsah.
„Ich glaube, das könnt ihr auch gut gebrauchen“, landeten noch eine kleine Portion Katzentrockenfutter und zwei Flaschen Trinkwasser auf dem improvisierten Ladentisch.
„Welche Bändchen sind wir schuldig?“, wollte Paul wissen, während Anne alles einpackte.
„Ich wurde vom Meister angewiesen, für euren ersten Einkauf keine Auslöse zu verlangen.“
„Vielen Dank! Äh … Meister?“

„Ihr solltet euch auf den Weg machen“, überging Pjotr geflissentlich Pauls Frage.
Dieser erkannte nun den letzten Rat als dezenten Hinweis auf die Ausgangssperre.
‚Verdammt! Die Zeit rennt.‘

Als die beiden zurück in der Wohnung waren, weckte der Umschlag, den Thorben abgeliefert hatte und auf der Arbeitsfläche der Küchenzeile gelandet war, ihre Aufmerksamkeit. *Paul und Prinzessin* hatte jemand kunstvoll darauf kalligrafiert. Neugierig zog Paul den Bogen weißen Papiers heraus und las vor:
Liebe Neuankömmlinge! Gern möchte ich euch persönlich begrüßen. Bitte beehrt mich morgen Vormittag mit eurem Besuch im Bürgerhaus.
Danke.
Der Meister.
‚Der Typ ist mir jetzt schon unsympathisch‘, beschloss Paul insgeheim.

Weder er noch Anne verspürten Lust auf Abendbrot. So lauschte Paul wenig später Annes gleichmäßigem Atem, während er sie einmal mehr um die Fähigkeit, jederzeit und überall schlafen zu können, beneidete und die Nacht gedankenschwer durchwachte.

Das Brot schmeckte so gut, wie es duftete. Und die Erdbeermarmelade passte perfekt dazu.
„Wollen wir uns das Kerlchen mal ansehen?“, fragte Paul nach dem Frühstück.
Anne war zwischen Neugier und dem Wunsch, sich nochmal ins Bett zu legen, zunächst unentschlossen.
„Okay, lass uns zum Meister gehen“, willigte sie nach ein paar Minuten schließlich ein. Schilder, die auf den Standort des Bürgerhauses hinwiesen, gab es merkwürdigerweise nicht. Also fragte Paul eine Frau, die die Granitstufen vor der Kirchenpforte fegte:

„Entschuldigen Sie bitte. Wo ist denn das ...“
„Da lang. Die Nächste rechts. Das große Rote“, schwang die Arbeiterin, ohne ihr Haupt zu heben, ihren Besen. Wenig begeistert darüber, dass sich Gustav in den zusammengekehrten Laubhaufen stürzte.
„Dankeschön“, trafen sich Pauls und Annes fragende, doch auch belustigte Blicke.
„Ach du Sch...“, entfuhr es Anne, als sie mit ihrem Beschützer rechts um die nächste Ecke bog.
„Hey, seit wann darfst du so fluchen?“, ermahnte Paul augenzwinkernd seinen Schützling. „Aber, wow! Du hast absolut recht“, lenkte er ein.
Das Rote war in der Tat ein riesiges dreistöckiges Haus. Bei der Planung dieser Villa hatte sich offenbar ein ambitionierter Architekt penibelst Gedanken gemacht und sich beachtliche Mühe dabei gegeben, ein beeindruckendes Gebäude zu kreieren. Trotz seiner enormen Größe wirkte es einladend. Die weißen Sprossenfenster bildeten einen angenehmen Kontrast zur traditionell westlandroten Holzfassade. Paul schätzte das Alter des Hauptgebäudes mit dem schiefergedeckten Walmdach auf gut einhundert Jahre. Auch die Dächer der zahlreichen Anbauten waren mit Schindeln aus diesem Naturmaterial belegt. Durch das offene Gartentor betrat er mit Anne einen gepflegten Vorgarten. Dessen Bepflanzung und Gestaltung strahlte etwas Mediterranes aus. Beim Anblick des großzügig dimensionierten, säulengestützten Vordachs über der doppelflügligen Eichenholztür kamen ihm Fotos von New Orleans in den Sinn.
Eine junge Frau, groß, schlank, langhaarig und schwanger, verließ gerade das Anwesen und hielt wortlos zu Boden blickend, höflich die Tür für Paul und Anne auf.
„Oh dankeschön!“
Nie zuvor hatte Paul bei seiner Anne ein solch gekünsteltes Lächeln bemerkt. Er musste grinsen. Sein Mädchen hatte schnell geschnallt, wie der Hase hier lief.

Sie hatten gerade den Salon betreten, als auch schon Trude Olsson von ihrem Sessel hinter einem winzigen Schreibtisch aufsprang und, hektisch mit ihren kurzen Armen winkend, auf sie zugestöckelt kam.
„Sie sind schon da. Hach, das ist ja schön!“, schien sie aufrichtig erfreut zu sein, Paul und Anne wiederzusehen.
„Hier entlang. Kommen Sie! Ich bringe Sie gleich zum Meister“, stakste sie schwer atmend die breite, geschwungene Treppe hinauf. Paul hatte keine Zeit, auf dem Absatz das Porträt eines grauhaarigen Mannes genauer zu betrachten. Auf einem Messingschild darunter war *Arthur Schwedheim* eingraviert worden. In der ersten Etage angekommen, blieb Frau Olsson in der Mitte eines langen Korridors endlich stehen und wischte sich mit dem Handrücken die Schweißperlen von der Stirn.
„Kommen Sie! Kommen Sie! Gehen Sie einfach rein. Er erwartet Sie“, eilte Trude atemlos von dannen.
Meister stand auf dem selbstklebenden Notizzettel an der Tür.

**Du wünschst, dass eine hohe Macht dich lenkt.
Doch kommt es anders, als man denkt.
Setzt auf des Schicksals Wohlgesinnen,
lässt kostbar Zeit verrinnen.
Wenn du nur könntest besser sein ...
tauchst du in Trübsal ein.**

XXIV

Deutschland, Hannover.
25. Dezember 1990.

Nach der gut dreitägigen Reise war sie endlich in Hannover angekommen.
Mit wechselnden Namen, gestohlenen und erfundenen Identitäten sowie gefälschten Pässen hatte sie zunächst einen Linienflug von Delhi nach Seoul genommen. Dann ging es über Bangkok nach Moskau. In Budapest hatte sie eine unruhige Nacht im Flughafenhotel verbracht. Von dort ging es weiter nach Berlin-Schönefeld und schließlich nach Hannover.

Ajala hatte er mit einem schwarzen Edding extra fett einen ihrer Tarnnamen auf das weiße Blatt geschrieben, das er vor sich hielt.
‚Oh mein Gott! Sie kommt wirklich!', lief Michael Molinar gelinde gesagt aufgeregt in der Ankunftshalle in Schlangenlinien auf und ab.
Ranjana Meshram stand schließlich tatsächlich leibhaftig vor ihm. Deren gesamtes Gepäck bestand lediglich aus einem kleinen Rucksack.
‚Welch Verschwendung von Ressourcen für so viel Kitsch', dachte sie angesichts der Weihnachtsdekoration.
„Bring mich irgendwohin, wo ich schlafen kann", bat sie, auf Begrüßungsfloskeln verzichtend, sichtlich erschöpft.
„Mein Auto steht gleich dort drüben", bemerkte Michael, dass es Ranjana beim Verlassen der Flughafenhalle fröstelte.
Sofort entledigte er sich seiner Winterjacke, um sie seinem Gast über die Schultern zu hängen.

Michael hatte für Ranjana die schönste und luxuriöseste der Firmenwohnungen vorbereiten lassen.

In der Kleinen Pfahlstraße, nur einen Steinwurf von der Lister Meile, einer beschaulichen Fußgängerzone, entfernt, trug er sie nun buchstäblich ins Schlafzimmer und legte sie dort aufs Bett.
Erst als sie tags darauf gegen zehn Uhr wach wurde, realisierte sie, welch ausufernder Luxus ihr hier mit dieser Dachgeschosswohnung angediehen wurde.
‚Da werde ich definitiv viel Zeit verbringen', freute sich Ranjana über die große grünpflanzenbestückte Terrasse.
In der offenen Küche fand sie eine Notiz auf der marmornen Arbeitsfläche: *12 Uhr, Limousine im Hof.*
‚Nicht schlecht', bestaunte die Inderin die Ausstattung des Badezimmers. ‚Noch genug Zeit für eine Runde im Whirlpool.'

„Herzlich willkommen! Ich bin Johann. Bitte steigen Sie ein", hielt ein schlanker, grauhaariger Mann die Tür des *Audis* für Rajana auf. In seinem zweifellos maßgeschneiderten schwarzen Anzug strahlte der Fahrer elegante Professionalität aus.
Nach einer knappen halben Stunde parkte er zwischen zwei schmutzigen Lastkraftwagen in einem Gewerbegebiet vor einer eher kleinen unscheinbaren Halle. Zwar neongrüne, dennoch bescheiden wirkende Buchstaben an der grauen Fassade wiesen den Betrieb als *Molinar Logistics* aus.
„Bitte folgen Sie mir", öffnete der Chauffeur vollendet höflich die Wagentür für Rajana. Er führte sie zum Personaleingang, der sich nach Eingabe einer achtstelligen Zahlenkombination öffnen ließ.
„Bitte treten Sie ein. Der Chef wird Sie in Kürze hier abholen."
Der Satz war kaum ausgesprochen, da eilte Michael Molinar auch schon herbei.
„Ich hoffe, du konntest dich etwas erholen. Komm, ich zeige dir alles", ging er quer durch die Halle voraus. „Ach, ja. Du heißt jetzt offiziell Ajala, okay?"

„Okay“, nahm diese einige Regale, einen Gabelstapler und etwa zwei Dutzend Holzkisten wahr.
„Man kann ihn nur mit einem Code rufen“, machte Michael schließlich vor einem Fahrstuhl halt. „Deiner ist 12067162. Probier es gleich mal aus!“
Ajala drückte die entsprechenden Tasten auf dem Panel neben der Fahrstuhltür. Sie spürte den Luftzug, der ihr durch einen Spalt entgegenwehte.
„Das funktioniert also. Hier musst du deine Geheimzahl nochmals eingeben und zum Schluss die Raute-Taste drücken“, erklärte Michael, als sie den Lift betreten hatten.
Ajala tat, wie ihr geheißen. Das Bedienfeld des Aufzugs bot nur zwei Alternativen. *Lager* und *Keller*. Sie wählte also *Keller*.
‚Achterbahn‘, dachte sie bei dem flauen Gefühl, das sich bei der rasanten Abwärtsfahrt in ihrem Bauch ausbreitete.

„Wir müssen dringend über dein Sicherheitssystem re...“, verschlug es der Neuen angesichts feuchter schlechter, verbrauchter Luft die Sprache, als sich die Fahrstuhltür in der Kelleretage öffnete. „Und über eine ordentliche Klimaanlage“, fügte sie hinzu, als sie sich gefangen hatte.
„So, so, Logistics also“, grinste Ajala.
Sie schätzte die Anzahl der Schreibtische in der fensterlosen Halle auf gut fünfzig. An jedem saßen zwei bis vier Personen. Das Summen der Ventilatoren hunderter Computer, die Nadelstiche ebenso vieler Drucker und das hektische Klicken und Klackern von Mäusen und Tastaturen vermischten sich zu schier ohrenbetäubendem Lärm.
„Alle mal herhören!“, versuchte Michael, den Geräuschpegel zu übertönen. „Das ist Ajala. Sie ist ab sofort eure Chefin.“
Die Mehrheit der anwesenden Programmierer linste zumindest kurz zu dem Mädchen hinüber. Einige klatschten sogar. Wenn auch verhalten.

Viele waren jedoch viel zu beschäftigt, um irgendwie auf die Ankündigung des Big Bosses zu reagieren.
„Komm, ich zeig dir die Werkstatt“, drängte Michael seine neue Mitarbeiterin zu einer doppelflügligen Brandschutztür aus massivem Stahl.
„Gib deinen Code ein!“
„Ach du meine Güte! Darüber müssen wir ebenfalls reden. Das ist ja finsteres Mittelalter!“, brachte Ajala ihr Missfallen über die Werkstatt unverhohlen zum Ausdruck. Sechs Knaben, die ihre jüngeren Brüder hätten sein können, werkelten mit Lötkolben an irgendwelchen Platinen herum.
„Nun gut. Dann komm weiter. Ich zeige dir den Garten“, versuchte Michael, sich seine Betroffenheit nicht anmerken zu lassen. An der gegenüberliegenden Seite der Werkstatt führte eine Wendeltreppe zu einem weiteren Untergeschoss hinab.
„Schon besser!“, meinte Ajala zu dem, was sie sah, als sich nach erneuter Eingabe ihrer Sicherheitszahlen die Schiebetür automatisch öffnete. Das rote und grüne Blinken tausender Leuchtdioden begleitete das sonore Summen hunderter Rechner. Die Temperatur hier unten überstieg auf keinen Fall die Zehn-Grad-Marke. Zahllose armdicke Kabelstränge führten durch die Decke nach oben.
„Nenn es Farm!“, regte Ajala sichtlich beeindruckt an.

Stets auf die Sekunde genau fuhr Johann an den folgenden Tagen eine Minute vor acht Uhr auf den Hof. Selbstverständlich hatte er bei Schnee und Regen auch einen großen schwarzen Schirm parat.
Ajala verbrachte viel Zeit in der „Farm“. Für die Buben in der Werkstatt hatte sie stets nützliche Tipps. Stundenlang schaute sie nach kaltem Schweiß riechenden Programmierern über die Schultern und versuchte in Gesprächen herauszufinden, woran genau diese gerade arbeiteten und wie sie ihre Ziele erreichen wollten.

‚Welch Verschwendung von Geld und Material', nippte Ajala auf der Dachterrasse des *Hannover Plaza* an ihrem Glas. Sie genoss den nussigen Geschmack des angenehm prickelnden Champagners aus dem Hause *Bonnet*, während sie verständnislos das stinkende, lärmende Silvesterfeuerwerk betrachtete. Wenigstens die Spiegelungen der farbenfroh explodierenden Raketen auf der Oberfläche des still ruhenden Maschsees waren schön anzusehen.
„Frohes neues Jahr!", kam Michael herbeigeeilt.
„Danke. In Indien haben wir seit November ein neues Jahr."
„Und, was denkst du?", konnte der Weinproduzent und Logistikunternehmer diese Frage keine weitere Sekunde zurückhalten.
Ajala bedeutete ihrem Boss, ihr zu folgen.
„Wie lange verfolgst du dieses Vorhaben schon?", wollte sie abseits der anderen Partygäste wissen.
„Seit fast zwei Jahren."
„Wie alt bist du?"
„Fast achtunddreißig."
„Willst du die Vollendung dieses Projektes noch zu deinen Lebzeiten mitbekommen?"
„Ja, natürlich! Nun sag schon! Wie lange?"
„Ich hab schlechte Nachrichten für dich."
„Darf ich dich heute Nachmittag besuchen? Und du erklärst mir alles?"
„Ja, klar. Aber nicht vorm Aufstehen! Danke übrigens für die zauberhafte Wohnung."

„Was, jetzt? Heute?", fragte Michaels Gattin vorwurfsvoll, als dieser nach Kaffee und Kuchen seine Winterschuhe anzog und in den Parka schlüpfte.
„Tut mir leid! Du weißt schon. Arbeit. Kann nicht warten."
‚Ich sollte für ein Mitbringsel sorgen. Etwas, das sie als nette Geste empfinden würde', machte er mit seinem *911er Porsche* an einer Tankstelle Halt.

Hocherfreut entdeckte er im Alkoholregal eine Flasche des von ihm produzierten Rieslings. Der neue Vertriebsleiter machte seinen Job anscheinend gut. Etwas ratlos betrachtete er die angebotenen Blumensträuße. Rosen erschienen ihm doch eher unpassend. Er entschied sich für ein Gebinde aus gelben und roten Tulpen mit viel Grünzeug.
‚Ach, was soll´s', stellte er in Erwartung des Schlimmsten noch eine null-fünfer *Jack Daniel´s* auf den Kassentisch.

„Ich hab dir etwas mitgebracht."
„Oh, dankeschön!", schien sich Ajala aufrichtig über die Tulpen zu freuen.
Die anfängliche beiderseitige Befangenheit löste sich schnell in Luft auf, als sie sich Michael gegenüber an den Küchentisch setzte.
„Unterschrank ganz links unten, Mitte, hinten rechts", bemerkte dieser Ajalas Unsicherheit angesichts des Blumenstraußes.
Sie verkniff sich ein Lachen über diese Ortsbeschreibung. Immerhin fand sie so auf Anhieb eine passende Vase.
„Eckhängeschrank, zweites Fach von oben", öffnete Michael die Flasche Riesling.
Diesmal unverhohlen grinsend angelte Ajala auf Zehenspitzen zwei elegant anmutende Weingläser hervor.
„Mmmm. Ich mag ja eher *Toddy* oder *Feni*, aber das hier macht wirklich Spaß im Mund", stellte sie nach dem ersten Schluck Weißwein anerkennend fest.
„Dieser edle Tropfen wird aus Trauben von meinem Weinberg bei Piesport an der Mosel gemacht", erklärte Michael stolz.
Er gab noch zwei Anekdoten über die neuesten Dummheiten seiner Töchter zum Besten. Schließlich hielt er es nicht mehr länger aus:
„Also, was meinst du? Wie lange wird es brauchen?"
„Wenn du so weitermachst wie bisher, etwa fünfzig Jahre bis zu ersten regional begrenzten Testläufen."

‚Nicht dein Ernst', holte sich Michael aus dem unteren Fach des Eckhängeschrankes selbst ein Glas für den Whiskey.
„Und wenn wir die Anzahl der Programmierer verdoppeln?", fragte er nach einem kräftigen Schluck *Jack Daniel's*.
„Vielleicht fünfundvierzig. Und da ist die exponentielle Entwicklung der Mikroelektronik schon eingerechnet."
„Wir können die Farm ausbauen!"
„Das muss auf jeden Fall passieren. Und das gesamte Equipment muss ständig aus der neuesten Hardware bestehen."
„Okay", goss Michael Wein für Ajala und das braune Zeug für sich nach. „Wie kann man es deutlich beschleunigen?"
„Du solltest tatsächlich etwa weitere hundert IT-Spezialisten anheuern und die ganze Horde in Abteilungen mit jeweils verantwortlichen Leitern organisieren. Die Leute sollten in Schichten rund um die Uhr arbeiten. Mit dem vorrangigen Ziel, die Entwicklung von künstlicher Intelligenz vehement voranzutreiben. Und sorg unbedingt für bessere Luft dort unten. Ernsthaft! Die Werkstatt kannst du weiterbetreiben. Du brauchst aber sehr gute Kontakte und Beziehungen zu den großen Chipfabrikanten und Hardware-Entwicklern."
„Das kann ich alles hinbekommen", meinte Michael in die sich unangenehm ausbreitende Stille und nahm einen weiteren Schluck Whiskey. „Aber du bist noch nicht fertig, oder?"
„Hast du gute Kontakte zum US-Militär?", wollte Ajala wissen.
„Kontakte, ja. Als gut kann ich sie nicht bezeichnen. Die *Préservation* versucht, wenn auch meist vergeblich, Kriege zu verhindern. Wieso?"
„Was ist mit der NASA?"
„Dort haben wir sozusagen gleich mehrere Füße in der Tür. Allerdings sind einige unserer Helfer eher unentschlossen."

„Besser als nichts. Deine merkwürdige Geheimorganisation sollte ihre Füße auch in die Türen der entstehenden privaten Raumfahrtunternehmen bekommen."

„Worauf willst du hinaus?"

„Du brauchst deine eigenen Kosmonauten auf der MIR", überging Ajala weiterhin Michaels Frage.

„Wir haben großen Einfluss in allen Sowjet-Republiken. Auch wenn dieses System gerade zerfällt. Tatsächlich sind Russen und Chinesen zurzeit die mächtigsten Mitglieder der *Préservation*."

„Okay, du brauchst Zugriff auf Satelliten und alles, was da oben im Orbit schwirrt. Und auf alles, was in den kommenden zwanzig Jahren in Erdumlaufbahnen positioniert wird."

‚Ach du Scheiße', dachte Michael.

‚Zeit für mehr *Jack*', goss er sich großzügig nach und hoffte, dass seine Gesprächspartnerin nun bald mit der Sprache herausrücken würde.

„Du solltest eine ganz andere Strategie verfolgen!", forderte Ajala schließlich.

XXV

Paul nickte seinem Mädchen ermutigend zu. Verschmitzt grinsend klopfte Anne daraufhin an die schwere Eichenholztür.
„Herein, herein! Bitte tretet ein!"
Anne und Paul fiel es angesichts des Reimes recht schwer, sich ein lautes Lachen zu verkneifen. Die nach zu kurz geratenen Stimmbändern klingenden Laute von der anderen Seite der Tür machten es ihnen nicht gerade leichter. Paul musste unweigerlich an Mickey Mouse denken.
Große weiße Fenster und die Größe des Raumes beeindruckten ihn jedoch zunächst ebenso wie die deckenhohen mit Büchern nahezu überladenen Regale an den beiden Schmalseiten und das Parkett, nachdem er mit Anne das Zimmer betreten hatte.
Der Meister geriet ganz aus dem Häuschen:
„Willkommen! Danke, dass ihr gekommen seid! Ich freue mich sehr auf unsere Zusammenarbeit!", sprang dieser von seinem Stuhl hinter dem antiken Eichenholzpult auf.
‚Scheiße, das ist Mickey!', konnte Paul seinen Blick nur schwer von den großen Ohren des Mannes, der im Stehen seinen Schreibtisch gerade so um zwei Köpfe überragte, abwenden. ‚Achtung! Giftzwerg', ermahnte er sich.
„Bitte nehmt Platz", deutete das glatzköpfige Männlein gönnerhaft lächelnd auf ein abgenutztes Ledersofa.
Kater Gustav sprang erhobenen Schwanzes zwischen die Schreibutensilien auf der Arbeitsfläche des Schreibtischs.
„Bitte nennt mich Michael", setzte sich der Meister auf den Sessel an der Stirnseite des Couchtisches. „Welch hübsches Tier!"
‚Michael, Mike. Mickey', konnte Paul ein feixendes Glucksen nicht länger unterdrücken und versuchte, es als Hustenanfall zu tarnen.
Er und Anne setzten sich nun ebenfalls.

‚Da bekommt doch das Wort Ohrensessel gleich eine ganz andere Bedeutung', musste Paul sich sehr zusammenreißen, nicht doch noch ungezügelt loszuprusten.

„Ein schönes Haus haben Sie hier, Mike“, hatte Anne natürlich die ungewollte Komik der Situation erfasst und versuchte, ihren erwachsenen Begleiter von weiteren Albernheiten abzulenken.
„Michael!“, wurde sie sogleich korrigiert.
„Ja, klar. Entschuldigung.“
„Es ist in der Tat ein prächtiges Anwesen nicht wahr? Ein deutscher Industrieller, vielleicht habt ihr ja dessen Porträt auf dem Treppenabsatz bemerkt, hat sich vor gut einhundert Jahren in eine Norwegerin und in Norwegen verliebt. Arthur Schwedheim kaufte kurzerhand diese Insel. Er begann, Getreide, Gemüse und Obst anzubauen und Kühe, Schweine und Schafe zu züchten. Von diesen Bemühungen profitieren wir hier noch heute“, gab Michael einen Einblick in die Geschichte von Valsøy.
„Dieses Gebäude hat er sozusagen als Liebesnest für seine Gemahlin und sich errichten lassen. Die wenigsten der zahlreichen Räumlichkeiten werden derzeit von uns genutzt. Nun, wir haben eine ordentliche Verwaltung etabliert. Im Untergeschoss gibt es einige Krankenzimmer. Für alle Fälle. Ich selbst wohne in einer bescheidenen Kammer ganz oben unter dem Dach“, machte der Meister eine Pause, als würde er auf eine Reaktion seiner Gäste lauern. Paul ließ sich auf das Spiel ein und hielt eine Erwiderung absichtlich schier endlose Sekunden zurück.
„Interessant“, meinte er schließlich. „Wie viele Menschen leben hier auf dieser Insel?“, fragte er.
„Mit euch sind es jetzt neunundneunzig. Und so der Prophet uns gnädig gestimmt ist, werden wir in etwa einem Monat einhundert sein!“, schien Michaels Lächeln diesmal echt zu sein.

„Also an Überbevölkerung leidet ihr hier offensichtlich nicht. Ich bin etwas überrascht ob des, meiner Meinung nach, hohen Grades an Bürokratie“, ging Paul bewusst auf Konfrontationskurs.
„Oh, ich würde das nicht als Bürokratie bezeichnen. Es ist vielmehr der Versuch, dafür zu sorgen, dass hier alle gut und sicher leben können“, entgegnete der Meister.
‚Okay, blabla. Belanglos rumfaseln kann er jedenfalls. Scheiß Politiker!‘, dachte Paul.
„Deshalb auch die bunten Bändchen?“, hakte er nach.
„Die häkelt übrigens meine Frau mit einer geheimen Technik, um Fälschungen zu verhindern. Nun, es wäre ein Leichtes, Banknoten und Münzen zu finden und einzusammeln und sie hier zu verwenden. Aber ich denke, die Grenzen dieses Systems wurden zuletzt mehr als deutlich. Ich finde es gerecht, wenn jeder nach seiner Leistung entlohnt wird.“
‚Ja Scheiße noch eins! Jeder nach seinen Fähigkeiten, jedem nach seinen Leistungen? Das hatten wir doch schon!‘, war Paul nicht gerade begeistert.
„Darf ich mir ein paar von den Büchern ausleihen?“, bemerkte Anne, dass sich das Gespräch in keine gute Richtung entwickelte.
„Selbstverständlich, Kleines! So viele und wann immer du willst“, war Michaels übertrieben freundliche Antwort.
‚Von wegen Kleines! Wenn der wüsste‘, grinste Paul.
„Der Prophet hat mir von deinem Wissensdurst berichtet. Er spricht zwar in Rätseln, aber ich weiß auch von deinen magischen Fähigkeiten“, wandte sich der Meister weiter an Anne. „Du wirst unserer Gemeinschaft mit deiner Magie sicher gern helfen!“
„Meinen Sie mit Prophet dieses schwebende Etwas mit Sprachfehler und Jesuslocken?“, hatte Paul da so eine Ahnung.
„Nun, man könnte ihn auf diese Art beschreiben. Ich weiß, dass er euch begegnet ist. Wie alle, die mittlerweile hier leben, hat er ja auch euch zu dieser Insel geschickt.

Leider bin ich hier der Einzige, der regelmäßig Kontakt zu ihm hat", seufzte das Mausmännchen mit gequältem Gesichtsausdruck, als hätte er plötzlich eine schwere Last zu tragen.
„Also sind die Bewohner von Valsøy sozusagen Auserwählte", stellte Paul mehr provozierend ironisch fest, als dass er fragte.
„Ich würde sagen, wir alle hier haben eine Bestimmung."
„Und wann hatten Sie zuletzt das Vergnügen, mit dem Propheten zu plaudern?"
„Ach, bitte nenn mich Michael und wir können uns ruhig duzen."
Paul erkannte Mickeys Versuch, abzulenken. Und er würde diesen Wicht auch weiterhin siezen. Ein *Sie* konnte vielerlei ausdrücken. Zum Beispiel Respekt. Aber unter anderem auch eher mangelnde Sympathie.
‚Mal sehen, ob er es versteht', war Paul eher skeptisch.
„Danke. Also wann haben Sie ihn zuletzt getroffen?", ließ er nicht locker. Einen Wimpernschlag lang sah das Mausmännchen verlegen drein.
„Der Prophet hat mich unglücklicherweise seit einigen Tagen nicht mehr beehrt. Wie mir zu Ohren gekommen ist (Paul musste einen weiteren Hustenanfall vortäuschen), wurden an der Brücke deine Zigaretten beschlagnahmt. Ich nehme also an, dass du gern ab und an rauchst."
‚Wenn er seine Gestalt ändern könnte, würde er jetzt eine Schlange werden.' Paul sah davon ab, über das Bemühen seines Gegenübers, sich aus der Situation herauszuwinden, schadenfroh zu lachen.
„Hast du Lust auf einen *Ballantine´s* zu einer guten Zigarre?", bot Meister Michael da unverhofft an.
‚Ja, du kleines Arschloch. Das lasse ich mir nicht entgehen', dachte Paul.
„Dem kann ich nicht widerstehen", sagte er.
Meister Mickey holte aus einem der Schreibtischfächer zwei kristallene Gläser und goss aus der ebenso gut versteckten Flasche ein.

Aus einem als Buch getarnten Kästchen entnahm er zwei Zigarren und Streichhölzer.
„Wir müssten allerdings auf den Balkon gehen. Rauchen ist hier nicht gestattet“, zwinkerte Michael kumpelhaft.
Von dem Schriftzug *Cohiba* auf der Banderole schloss Paul auf die kubanische Herkunft des ihm dargebotenen Stumpens in erstaunlich gutem Zustand.
‚Verblüffend, wie einem das Gehirn Erwartetes vorgaukelt‘, sah er nochmals genauer hin: *Cohiha* las er nun.

Anstandshalber stieß Paul auf dem Altan mit dem Meister an und zündete beinahe ehrfürchtig seine Zigarre an.
„Also, Klartext: Was erhoffen Sie sich von meinem Mädchen?“, wollte er sich nicht noch mehr schwammiges Gelaber anhören müssen.
Mickey berichtete zunächst stolz von den Leistungen der Inselbewohner und beschrieb, aufgeregt in alle Himmelsrichtungen weisend, sämtliche Einrichtungen und Örtlichkeiten auf dem Eiland, als hätte er alles hier gottgleich eigenhändig erschaffen.
‚Toll! Jetzt weiß ich ganz genau, wo der Kuhstall ist und wo die Schafe weiden‘, konzentrierte sich Paul derweil auf den Glimmstengel und den *Ballantine´s*.
„Es wäre hilfreich, wenn die Prinzessin für regelmäßigen Regen sorgen könnte“, kam Mausemeister endlich zur Sache.
‚Ah, jetzt wird es interessant.‘
„Es gab hier schon sehr lange keinen mehr. Obst, Gemüse und der Weizen verdorren. Es wird zunehmend schwer, Nahrung bereitzustellen. Der Kuhstall ist leer und es grast nur eine Handvoll Schafe auf der Weide. Ich weiß vom Propheten, dass die Prinzessin gut mit Tieren kann. Salopp gesagt. Ein paar Rehe in der Nähe wären gut. Die könnten ersehntes Fleisch für die Bewohner liefern. Sicher könnte deine Kleine auch dafür sorgen, dass sich hier Gänse und Enten ansiedeln.“

„Sonst noch was?“, fragte Paul wie beiläufig.
Der laufende Meter bemerkte den Sarkasmus offenbar nicht und fuhr fort:
„In der Tat brennt mir da noch etwas unter den Nägeln. Es gibt am Westufer eine Fläche, auf der wir gern mehr Gemüse anbauen würden. Die verrosteten Traktoren und Autowracks waren eines Tages mir nichts dir nichts verschwunden. Der Boden dort ist jedoch noch immer mit Motoröl und wer weiß was für giftigem Zeug verseucht. Die Prinzessin kann das sicher richten.“
‚Du bist mir bei allem ein bisschen zu sicher‘, dachte Paul.
„Ich weiß nicht, ob das so funktioniert, wie Sie sich das vorstellen“, entgegnete er versucht gefasst.

In den folgenden Minuten beiderseitigen Schweigens genoss er die Aussicht vom Balkon. Hinter sanften Hügeln war die türkis schimmernde See, auf der sich goldgelb die Sonne spiegelte, zu erkennen. Am Horizont verschmolz der wolkenlose Himmel mit dem Meer in Unendlichkeit.
„Woher kommt hier eigentlich der Strom? Gibt es hier vielleicht so ein bläulich leuchtendes Ding?“, wagte Paul einen Schuss ins Blaue, als der kubanische Tabak aufgeraucht war.
„Ich verstehe nicht ganz ...?“
„Schon gut. Vergessen Sie das.“
„Nun gut. Also, es gibt auf dem Festland östlich einen Wasserfall. Auf dessen halber Höhe wird Wasser in ein Fallrohr geleitet. So werden weiter unten in einem kleinen Kraftwerk zwei Generatoren angetrieben. Das alles hat übrigens auch Arthur Schwedheim bauen lassen. Ein Unterwasserkabel führt herüber zu unserer Insel.“
„Warum gibt es dann nur zeitweise Strom?“
„Es mag eigenartig klingen angesichts des kühlen Nasses, aber die veralteten Aggregate neigen zur Überhitzung.“

Anne hatte derweil einige Bücher aus einem der Regale ausgewählt und sogleich deren Inhalt verinnerlicht.

„Ah, du hast dir Lesestoff ausgesucht. Ich werde dir einen Karton besorgen", bemerkte Michael die sechs Werke des norwegischen Philosophen Anathon Aall auf dem Couchtisch, als er mit Paul ins Büro zurückkam.
„Nicht nötig. Schon gelesen. Sehr interessant", strich sich Anne eine Strähne ihres schwarzen Haars aus dem Gesicht.
Ein merkwürdiges Geräusch weckte da die Aufmerksamkeit des Meisters. Es klang wie ein Kratzen. Er drehte sich um und sah in die Richtung, aus der es kam. Mit offenem Mund und vor Entsetzen weit aufgerissenen Augen hielt er die Luft an und erstarrte. Seine großen abstehenden Ohren begannen buchstäblich, rot zu glühen.
Da realisierte auch Anne, was geschehen war. Der Kater hatte offenbar großen Spaß daran gehabt, das lederne Polster des Meisters Chefsessel zu zerfetzen und schärfte sich nun seine Krallen an den hölzernen Armstützen.
„Gustav, hör sofort auf damit! Oh, das tut mir unglaublich leid. Ich war wohl zu sehr mit Lesen beschäftigt", verhinderte Anne knapp Michaels sich anbahnende Explosion.
‚Schade!', stellte sich Paul Mickeys über das Parkett verstreute Organe vor.
„Ihr solltet jetzt besser gehen." Die Worte des Meisters waren kaum hörbar, klangen gar traurig und enttäuscht.
„Es tut uns wirklich leid", hatte Paul schon die Tür zum Flur geöffnet. Gustav schlüpfte fluchtartig hindurch.
„Nur einen kleinen Moment", ging Anne hinüber zum Sessel und legte eine Hand auf dessen Rückenlehne. Fassungslos schaute Michael zu, als die angerichteten Schäden wie in einem rückwärtslaufenden Film verschwanden. Bald sah sein geliebtes Sitzmöbel aus wie zuvor.
„Wiedersehen!", flüchteten nun auch Paul und Anne. Zurück auf der Straße brachen sie in schallendes Gelächter aus.

„Ich mag ihn nicht!“, fasste Anne ihren Eindruck in Worte, als sie sich einige Minuten später zu Paul auf die Treppe zum Kircheneingang setzte.
‚Verdammt!‘, bereute dieser da, den Meister nicht gefragt zu haben, womit er am Tag des Ereignisses beschäftigt gewesen war.
„Ich kann den Kerl auch nicht leiden. Willst du hierbleiben?“, empfand Paul seine Frage selbst als überflüssig, kaum, dass er sie ausgesprochen hatte.
‚Ernsthaft?‘, schenkte Anne ihm, vorwurfsvoll mit ihren langen Wimpern klimpernd, nur wortlos einen Unverständnis ausdrückenden Blick. Gustav stupste sie mit seinem Schnäuzchen an, als wollte er sich für das Zerkratzen des Sessels entschuldigen.
„Nur ein paar Tage, dann verschwinden wir von hier, okay?“, schlug Paul nun vor. Anne nickte.

„Hallo, hallo! Ach, das ist ja schön, dass ich Sie hier treffe. So erspare ich mir das Suchen“, kam da Trude hektisch über den Platz geeilt.
„Hallo, Frau Olsson“, winkte ihr Anne lächelnd entgegen. Sie mochte diese unter Dauerstrom stehende Person.
„Ihr Haus ist fertig. Ihre Sachen sind auch schon dort. Kommen Sie, kommen Sie!“, duldete Trude keine Trödelei und stöckelte nach Atem ringend über das Kopfsteinpflaster voraus. In Richtung Bürgerhaus.
Paul berichtete Anne von den Wünschen des Meisters, während sie Frau Olsson mit etwas Abstand folgten.
„Das mit der verseuchten Wiese mach ich gern, aber das andere kann er vergessen! Es würde sowieso nichts nützen“, sprach Anne aus, was Paul schon vermutet hatte.
„Kommen Sie! Wir sind schon da. Das blaue hier. Es ist nicht besonders groß, aber sehr gemütlich und es hat alles, was man braucht. Sie werden sich hier wohlfühlen“, kramte Trude in ihrer Umhängetasche. „Verzeihen Sie! Ich muss leider schon weiter“, drückte sie Anne einen Schlüssel in die Hand. „Auf Wiedersehen!“

‚Na, ob das Zufall ist?‘, hatten Paul und das Mädchen denselben Gedanken. Das kleine blaue befand sich direkt gegenüber dem großen roten.
„Wenn er uns auf diese Weise im Auge behalten will, muss er in Kauf nehmen, dass wir auch ihn beobachten können“, freute sich Paul insgeheim schon schelmisch darauf.
„Lass uns das Haus ansehen“, näherte sich Anne zwei Schritte dem Eingang. Wie aus dem Nichts kamen da plötzlich mehrere hundert Hummeln herbeigeflogen und formierten sich vor der Tür, als wollten sie die neuen Bewohner davon abhalten, einzutreten.
„Schon gut. Wir wissen es. Ich pass auf“, antwortete Anne. Sogleich machten die Insekten den Weg frei und zerstreuten sich summend in alle Himmelsrichtungen. Auch wenn Paul schon lange davon überzeugt war, dass es nichts gab, das sein Zögling nicht erreichen konnte, staunte er wieder mal nicht schlecht.

Das Haus war in der Tat sehr gemütlich. Und sehr sauber.
„Paul! Paul, das musst du dir ansehen!“, war Anne losgeflitzt, hatte die Schiebetür an der Rückseite geöffnet und stand nun auf einer lauschigen Veranda.
„Oh ja. Ich weiß, was du meinst“, kam nun Paul herbei. Der große idyllische Garten erinnerte auch ihn an die Märchenbucht. Anne, deren Augen vor Freude strahlten, umarmte ihren Begleiter innig, bevor sie sich ihre Schuhe auszog und auf die Wiese lief, um sich mit den Blumen, die am Rand eines Teiches in tausend Farben blühten, auf ihre ganz eigene Art anzufreunden.

‚Wie würde mein Leben wohl ohne sie aussehen?‘, fragte sich Paul. Anne lachte so herrlich unbeschwert, als sie nun mehrere Dutzend Zitronenfalter zunächst umkreisten und sich dann auf ihr niederließen und ungewollt kitzelten.

Jemand klopfte energisch an die Haustür.

‚Herrgott nochmal‘, ging Paul widerwillig nachsehen.
„Ich soll Ihnen das hier bringen. Mit Grüßen vom Meister“, überreichte Kari, die Botin, einen nicht gerade kleinen Weidenkorb voll mit Lebensmitteln und zwei großen Flaschen Wasser sowie einem *Ballentine´s*.
„Schönen Abend noch!“, eilte die Zustellerin auch schon weiter.
‚Schleimer‘, freute sich Paul dennoch über das Präsent. So würde er sich zumindest nicht ums Abendessen kümmern müssen. ‚Wir könnten Picknick machen.‘
Zurück auf der Terrasse drehte er unruhig einige Runden auf den Holzplanken.
‚Wie spät es wohl ...‘
„Kurz vor vier. Nun geh schon“, kannte Anne ihren Kamerad nur zu gut.
„Bis gleich.“

Paul steuerte die dem Platz abgewandte Seite der Kirche an, querte den kleinen Friedhof und befand sich schließlich am Rande eines Kiefernwäldchens. Er war etwas überrascht. Diese Person, die dort auf einer Bank im Schatten saß, hatte er nicht erwartet. Außer dem tatsächlich knallroten Halstuch fiel ihm sogleich das mit bunten Blumen gemusterte Kopftuch auf, das das hagere Muttchen trug.
„Was starrst du so? Hast du etwa noch nie eine alte Frau gesehen?“
Paul konnte seinen Blick nicht von der Greisin abwenden. Ein bewegtes Leben hatte über viele Jahre tiefe, erzählende Falten in deren Gesicht gezeichnet.
„Verzeihung. Aber Sie sehen irgendwie bezaubernd aus!“
„Ach, Jungchen. Komm, setz dich doch endlich. Ich nehme an, du hättest gern Zigaretten? Zwei Schachteln *Paramount Red Maxi* für eines deiner grünen Bändchen“, machte die Frau mit den klarblauen, beinahe jugendlich wirkenden Augen ein Angebot.
„Das ist ein verdammt hoher Preis.“

„Streichhölzer gibt es gratis dazu", grinste sie. Wohl wissend, dass ihr Gegenüber auf den Handel eingehen würde.
„Abgemacht, wenn Sie mir Ihren Namen verraten und was Sie am Tag des Ereignisses gemacht haben."
„Ach, Jungchen. Ich bin Adele. Mein Tore und ich hatten anlässlich unserer Goldenen Hochzeit ein Hotel in Stavanger gebucht. Meinem Mann, diesem Fröstelfritze, pardon Gott hab ihn selig, war das Meer zu kalt zum Baden. Also vergnügte ich mich eben allein in dem erfrischenden Nass. Plötzlich wurde ich von einer mannshohen Welle ordentlich herumgewirbelt. Als ich irgendwann endlich wieder zurück am Strand war, war keine Menschenseele mehr da. Auch nicht mein Tore. Nur herrenlose Kleidung lag überall verstreut. Und diese komische graue Asche."
„Danke", übergab Paul der Frau ein grünes Bändchen, verstaute Zigaretten und Zündhölzer in seinen Hosentaschen und verabschiedete sich höflich.
„Sieh zu, dass die Kippen nicht gefunden werden! Am besten verbuddelst du sie irgendwo!", rief ihm Adele hinterher.
Eine junge schwangere Frau mit langem blondem Haar kreuzte, ihren Blick gen Kopfsteinpflaster gesenkt, seinen Rückweg.

Anne erwartete ihn mit großen glücklichen Augen. Spätestens da war sich Paul nun sicher, dass sie seine Gedanken tatsächlich lesen, nicht nur erahnen konnte. Sie hatte Decken und Sitzkissen, Teller, Besteck und Gläser gefunden und im Garten ein Picknick vorbereitet. Den Präsentkorb hatte sie auf einen Baumstumpf, der auch als Tischchen dienen konnte, gestellt. Die Kerze in dem Windlicht daneben wartete darauf, entflammt zu werden.

„Das ist zauberhaft!", setzte sich Paul von Dankbarkeit erfüllt zu seinem Mädchen auf die Wiese.

Er zündete die Kerze an, bevor er sich eine *Paramount* ansteckte.
„Auf uns! Und dieses blinkende Ding“, erhob er sein mit kostbarem Trinkwasser gefülltes Glas.
‚Es hätte sicher nicht mehr lange gedauert‘, dachte er an die in der alten Welt ohne Unterlass geführten Kriege um Erdöl, Cobalt, Lithium und Uran. Bei der nächsten bewaffneten Auseinandersetzung hätte man möglicherweise versucht, die Kontrolle über die Süßwasserreserven des Planeten Erde zu erlangen.
„Hier ist es jedenfalls nicht. Aber es ist nicht mehr weit“, ließ Anne amüsiert einige Schmetterlinge und Hummeln über dem Wasser Achten fliegen. Ein Frosch sprang quakend in den Teich.

Das wärmende Gold der müde werdenden Sonne erging sich allmählich in himmelfärbendes Rot.
Gustav tollte im hohen Gras herum, während Paul und Anne sich köstliches frisch gebackenes Brot mit Salz, Rote Bete, saure Gurken, eingelegte Champignons und Makrelenfilets in Tomatensauce munden ließen.
Längst hatte das mit Sternenfunkeln gesprenkelte Nachtschwarz den Himmel erobert, als Paul nach seinem Mädchen sah, das sich bald nach dem Picknick in eines der Betten gekuschelt hatte.
‚Ich hoffe, du hast in dir den Frieden, den du ausstrahlst‘, beneidete er, wie so oft, Annes tiefen Schlaf und zog ihre Bettdecke etwas höher.

Nach der wundersamen Reparatur seines Chefsessels hatte der Meister die wildesten Träume.
‚Ich wusste es! Was sie alles für mich tun wird‘, malte er sich eine rosige Zukunft aus.
Jetzt aber war es an der Zeit, sich auf anderes zu konzentrieren. Er musste sich vorbereiten. Mit dem Wasser in einer Porzellanschüssel wusch er sich gründlich.

Bei einer weiteren Zigarette auf der Terrasse betrachtete Paul die Sterne.
Wehmütig an seine Carolin denkend, wollte nun auch er versuchen zu schlafen.
‚Nanu. Es herrscht doch schon längst Ausgangssperre', wunderte er sich, als er gerade die Schlafzimmertür öffnen wollte.
In dem schummrigen Licht, das auf der gegenüberliegenden Straßenseite durch die Kellerfenster drang, bemerkte er zwei Gestalten. Als diese sich näherten, erkannte er schließlich einen kräftig gebauten Mann, der eine große, schlanke langhaarige Frau drängte, ihm zu folgen. An der Pforte zum Bürgerhaus angelangt, öffnete der Mann den Eingang, bedeutete der Frau mit einer Kopfbewegung, hineinzugehen und bezog auf den Treppenstufen Stellung. Wenig später wurden verdunkelnde Vorhänge vor die Scheiben im Untergeschoss gezogen.
‚Was zum …! Die Mistsau züchtet kleine Meister!', wollte Paul das Geschehen weiter beobachten und zog einen Stuhl herbei.
Es dauerte jedoch nicht lange, bis ihn unruhiger Schlaf übermannte.

Aus Dutzenden riesiger Vogeleier schlüpften mit Pfeil und Bogen bewaffnete Organismen mit immens großen abstehenden Ohren.
„Feuer!", befahl der Meister den mit grünlich schimmerndem Schleim bedeckten Kreaturen von seinem Balkon herab. Die larvenähnlichen Geschöpfe spannten sogleich ihre Bögen und schossen auf ein Reh, das unweit Blätter von einem Busch fraß. Blut spritzte unmittelbar aus dem Leib des Tieres, das seinen Kampf ums Leben qualvoll verlor, und färbte das grüne Laub rot. Von Gier getrieben machten sich die schleimigen Larven über das Wild her, schlugen ihre Fangzähne in dessen Hals, Blatt und Bauch und zerfetzten die Eingeweide der Ricke.

„Brave Jungs“, grinste der Meister zufrieden.
Wie aus dem Nichts erschien plötzlich Anne in einem blütenweißen langen Kleid mitten auf dem Schlachtfeld. Ihre Haare waren grau, beinahe weiß.
„Es wird nichts nützen“, schien sie mit rauer Stimme beruhigen zu wollen. „Es wird sowieso nichts nützen“, wiederholte sie, von dem Gemetzel gänzlich unbeeindruckt, als nun hunderte Hummeln und Zitronenfalter ihr Haupt umschwirrten. Rote Tränen entsprangen ihren geschlossenen Augen und hinterließen schwarze Spuren auf ihren Wangen.
‚Verdammt!‘, was riecht hier so ...
„Hmmmm, mmmm“, schlich sich liebreizender Gesang in Pauls Ohren.
Schließlich, endlich öffnete er seine Augen. Und blickte in Annes schelmisch funkelnde.
Irgendwie hatte sie Kaffee zubereitet.
„Hmmm, hmmmm, Paul. Lecker Kaffee“, hielt sie ihm nun kess grinsend die Tasse mit dem aromatischen Heißgetränk unter die Nase.
„Wie zum ... Danke Sonnenschein!“, nahm er nur zu gern einen ersten Schluck von der ihm dargebotenen Köstlichkeit. „Was meintest du eigentlich mit: *Es wird sowieso nichts nützen*?“, fragte er lieber gleich, bevor er es wieder vergessen würde.
Anne schien zwei Sekunden lang ihr Hirn zu durchforsten. „Ach das“, begann sie ihre Antwort. „All die Menschen hier werden bald verschwinden.“

Paul verzichtete darauf, das weiter zu hinterfragen.
„Hat Michael dir gesagt, wo diese verseuchte Weide ist?“, wollte Anne da wissen.
„Ja, am westlichen Ufer. Wieso?“
„Lass uns dorthin gehen“, schien das Mädchen etwas hinter sich bringen zu wollen.
Gut zwanzig Minuten später standen die beiden oberhalb eines sanft zum Meer hinabfallenden Hügels.

Aus modrigen Pfützen, die im Licht der Sonne ölig regenbogenfarbig schimmerten, stieg ihnen übler Geruch entgegen.
„Das ist einfach“, schloss Anne ihre Augen und breitete die Arme aus.
Gustav schlich irritiert um Pauls Füße.
Die stinkenden Lachen verschwanden. Wichen sattgrünem kniehohem Gras. Zufrieden lächelnd betrachtete Anne das Ergebnis ihrer Magie.
„Irgendwas fehlt noch“, schloss sie erneut ihre Lider.
Im nächsten Augenblick entsprossen dem Grün tausende Gänseblümchen, leuchtend gelber Löwenzahn und blaue Kornblumen. Hie und da wuchs mit einem Mal wilder Mohn.
„Warte! Fast fertig.“
Bienen und Hummeln machten sich nun an den Blüten zu schaffen. Schmetterlinge flatterten durch die Luft.
„So ist es doch schön, oder?“, rannte Anne ausgelassen mit Gustav um die Wette.
„Perfekt!“, rief Paul lachend hinterher.
‚Verdammt! Was zum Teufel!‘, verspürte er plötzlich Schmerz in seinen Ohren.
Es war nur ein einziger Schlag der Kirchenglocke, deren Klang sich lange nachhallend über die Insel ausbreitete. Ein roter Wimpel wurde am Fahnenmast vor dem Restaurant gehisst.
„Das ist nichts Gutes, oder?“, kam Anne mit Gustav im Schlepptau zurückgelaufen.
„Lass uns nachsehen“, schlug Paul vor.
Vom Kirchplatz aus sahen sie Männer mit schwarzen T-Shirts im Bürgerhaus verschwinden. Einige Minuten später kamen diese mit geschulterten Jagdgewehren wieder heraus und gingen in Richtung Brücke.
„Vielleicht weiß er ja was“, hatte Anne unter einigen Schaulustigen Pjotr erkannt und stellte sich mit Paul möglichst unauffällig neben den sympathischen Lebensmittelverwalter.

„Was ist denn los?“, fragte Paul kaum hörbar.
„An der Brücke wurden einige Männer abgewiesen, weil sie sich partout nicht von ihren Waffen trennen wollten“, gab Pjotr ebenso leise zurück. „Sie suchen wohl die mutmaßlichen Mörder zweier ihrer Kameraden. Man geht davon aus, dass sie zurückkommen und angreifen werden“, machte sich Pjotr aus dem Staub und wäre beinahe über Gustav gestolpert.

„Verdammte Scheiße!“, entfuhr es Anne mit angstgeweiteten Augen. „Die sind ja echt verbissen.“
Paul wusste in dem Moment nicht, was ihn mehr entsetzte. Die Tatsache, dass ihre Jäger sie bis hierher verfolgt hatten, oder Annes Fluchen.
„Ja ... Das ist nicht gut“, stimmte er dennoch zu. „Lass uns zu unserem Haus gehen.“
Dort angelangt bemerkten sie den Zettel, der mit einer Reißzwecke an die Eingangstür gepinnt worden war.
„Ich empfehle, die Kellerräume des Bürgerhauses aufzusuchen. Passt auf Euch auf! Michael“, las Paul vor, was auf dem Papier geschrieben stand.
„Na, sieh mal an. Mickey macht sich anscheinend ernsthaft Sorgen um uns.“

‚Einen Scheiß werden wir tun!‘, beschloss er und setzte sich lieber ins Gras hinterm Haus. Anne und Gustav gesellten sich zu ihm. Der Kater verhielt sich ungewöhnlich. Statt wie gewohnt lebhaft herumzutollen, machte er mit erhobenem Schwanz einen Buckel und schien irgendetwas zu beobachten.
„Ein wenig merkwürdig ist es schon gerade, oder?“, steckte sich Paul eine Zigarette an. Anne nickte nur wortlos. Auch sie machte den Eindruck, als würde sie sich angestrengt auf irgendetwas konzentrieren.
Drückend lag feuchte Luft über der Insel. Weder Vögel noch Insekten waren zu hören oder zu sehen. Als würde die Welt eine Auszeit nehmen.

Das Weiß der wenigen Wolken am eben noch strahlend blauen Himmel weitete sich zu einem alles bedeckenden, konturlosen Grau.
Im ersten Moment hörte es sich an wie Fehlzündungen. Beiden war jedoch schnell klar, dass Schusswaffen abgefeuert wurden.
„Gib mir deine Hand!“, forderte Anne, als plötzlich an Stärke schnell zunehmender, unerwartet warmer, nahezu heißer Wind über die Wiese wehte und nahm den Kater auf den Schoß.
‚Druckwelle‘, kam Paul in den Sinn, als selbst seine noch immer kurzen Haare zu flattern begannen und ihm die Zigarette davonflog.
„Jetzt!“, verlieh Anne ihrer Forderung energisch Nachdruck, als sich das Himmelgrau blaugrün färbte.
Paul gehorchte.
Für einige Sekunden breitete sich nun Stille, bar jeden Lichts aus. Dann erglühte das Firmament einen Moment lang tiefrot, bevor es ebenso unvermittelt wieder wolkenlos blau wurde.
Die Welt drehte sich unbeeindruckt weiter und setzte ihren vermeintlich unendlichen Weg durch das angeblich endlose Universum fort.
„Du kannst jetzt loslassen. Es ist vorbei.“
Da erst realisierte Paul, wie fest er noch immer Annes Hand drückte.
„Oh, entschuldige. Tut es weh?“, bemerkte er nun auch ihre blau angelaufenen Finger.
„Geht schon.“
Schüsse waren nicht mehr zu hören.
Überhaupt keine menschengemachten Geräusche ließen sich ausmachen.
„Sie sind weg“, nahm Anne Pauls Unverständnis ob der jüngsten Geschehnisse wahr. „Alle“, war sie erleichtert und traurig zugleich. Sie hatte die stets hektische Trude und den netten Pjotr gemocht. „Nein, ich war das nicht“, kam sie Pauls Frage zuvor.

„Weißt du, was mit ihnen passiert ist?“, dachte dieser an die Kinder und die schwangeren Frauen. Als hätte sie ein schlechtes Gewissen, verneinte Anne stumm mit einer kaum wahrnehmbaren Kopfbewegung.
„Noch nicht“, klang sie einige Sekunden später fest entschlossen.
„Wollen wir uns umsehen?“, war sich Paul Annes Zustimmung sicher und ging, ohne auf eine Antwort zu warten, voraus. Durchs Haus und dann auf die Straße. Anne, gefolgt vom noch immer unsicher tapsenden Kater, tat es ihm gleich.

Zwischen auf der Straße herumliegenden Kleidungsstücken ging das Trio über graue Asche zum Kirchplatz. Nichts wies hier mehr auf die Existenz anderer Menschen hin. Ein Reh knabberte auf dem Friedhof an frischen Trieben. Möwen kreisten kreischend um den Glockenturm.
‚Was zum …!‘, fand ein gutes Dutzend Schafe hufklackernd, umschwirrt von unzähligen grünlich schimmernden Fliegen über die Brücke seinen Weg auf die Insel. Paul glaubte, Grillenzirpen zu hören, was unweigerlich Kindheitserinnerungen auf den Plan rief. Er hatte es geliebt, auf dem Weg zum Strand mit seiner Hand durch die Gerste zu streifen, die am Straßenrand nicht den Mähdreschern zum Opfer gefallen war.
‚Verdammt!‘, fiel da plötzlich starker Regen vom wolkenlosen Himmel. Mit Tropfen, so groß wie die bunten Glasmurmeln, die ihm seine Großmutter einst geschenkt hatte.
Paul, Anne und der Kater flüchteten vor den schweren Tropfen ins Restaurant.

‚Warum eigentlich nicht?‘ In dem antiken Herd schwelte noch ein Holzfeuer. Auf der Arbeitsfläche neben der Kochstelle stand eine Schüssel mit Eierkuchenteig. Eine schwere gusseiserne Pfanne war griffbereit.

„Würde Euch Eierkuchen mit Blaubeermarmelade munden, werte Prinzessin?“, lächelte Paul verschmitzt sein Mädchen an und schob die Arbeitskleidung des einstigen Kochs mit seinem Fuß beiseite.
„Es würde meinem Gaumen durchaus Freude bereiten, Euer Merkwürden“, antwortete Anne ebenso schelmisch grinsend.
Zwei der fünf großen Eierkuchen, die der Teig hergab, verspeiste Paul. Er streute sich reichlich Zucker und Zimt darüber. Annes Lippen und Zunge waren ganz blau von dem Fruchtaufstrich.
Die beiden machten sich eine Weile lachend über Meister Mikey lustig, bevor Stille die Oberhand gewann. Paul sah flüchtig hinüber zur Wanduhr. Natürlich stand hier ein unübersehbarer Elefant im Raum.
„Zwei Tage?“, bat er mehr, als dass er forderte.
„Ist gut.“

Paul ging mehrere Male ins Bürgerhaus. Im Arbeitszimmer des Meisters rauchte er entspannt Zigarren und trank Whiskey dazu.
Neugierig begab er sich auch in die Sockeletage des Hauses.
‚Kleines Dreckschwein!‘, überkam es ihn dort in einem der Zimmer. Natürlich hatte er nie persönlich eine gesehen, geschweige denn betreten. Aber so hatte er sich immer die Praxis eines Gynäkologen vorgestellt.
Anne und Gustav spielten lange vergnügt mit den Schafen, die inzwischen instinktiv ihren Platz auf der entgifteten Weide gefunden hatten.

Schließlich war es so weit.
Schon früh warf die Sonne wärmendes Gold auf die Insel, als Paul und Anne sich auf den Weg machten.
Mit großen vollgepackten Rucksäcken auf ihren Rücken verließen sie auf ihren Fahrrädern die Insel. Anne mit mehreren Messern, Paul mit einem Gewehr bewaffnet.

Frohen Mutes folgten sie dem grauen Asphaltband, das sich um die Bucht schlängelte. Nach knapp zwei Stunden legten sie an einem atemberaubend schönen Wasserfall eine Pause ein. Nicht viel konnte die beiden noch wirklich überraschen. Hier jedoch bestaunten sie ungläubig die Wassermassen, die an der steilen Felswand nach oben strömten.

XXVI

Lalita saß in ihrem luxuriösen Büro am Schreibtisch und war gerade dabei, das Wetter so angenehm wie möglich zu gestalten. Wirklich einfach war das nicht. Immer wieder hatte sich Klima als sehr komplexe Herausforderung herausgestellt. Sie wurde in ihrer konzentrierten Arbeit unterbrochen, als jemand ohne anzuklopfen ungebeten den Raum betrat.
„Keine Ursache. Komm ruhig rein", begrüßte sie sarkastisch die unwillkommene Besucherin.
„Ich hab dich oft genug gebeten. Betrachte es jetzt als verbindliche Anweisung! Schaff mir endlich diese Menschenreste direkt vor unserer Haustür aus der Welt! Sofort!", forderte diese nun ungehalten.
„Ist ja gut. Wird erledigt."
Ein gutes Gewissen hatte Lalita nicht, während sie dennoch vor den prüfenden Augen ihrer Mutter den entsprechenden Code ins Programm einfügte und übertrieben theatralisch die Enter-Taste drückte.
„Jetzt zufrieden?"
„Warum nicht gleich so?", schlug Lalitas Mutter kopfschüttelnd die Tür mit der Aufschrift *Leitung / Skandinavien* hinter sich zu.
Die Anomalien, die sie schon vor geraumer Zeit entdeckt hatte und seitdem beobachtete, verschwieg Lalita weiterhin.

Korrektorat, Lektorat und Magie von Carolin Kretzinger.

Für C.K. 2024.

Ulrich Papke wurde 1962 in Neuruppin geboren.
Viele Jahre lebte er in Potsdam.
Nach der Beendigung seiner Sportlerlaufbahn verdiente er in Berlin seinen Lebensunterhalt.
2006 zog Ulrich Papke nach Norwegen.
Seitdem arbeitet er als Handwerker im Malergewerbe.

(Foto: Carolin Kretzinger)

ulrich-papke.com
info@ulrich-papke.com
facebook.com/profile.php?id=100089110631182

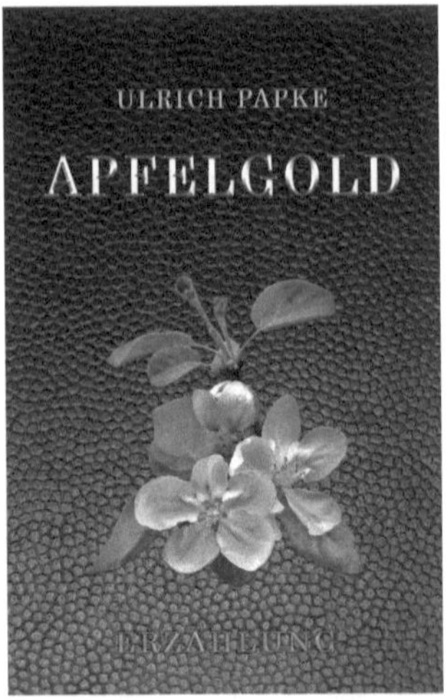

„Apfelgold“

ISBN: 9783754963142

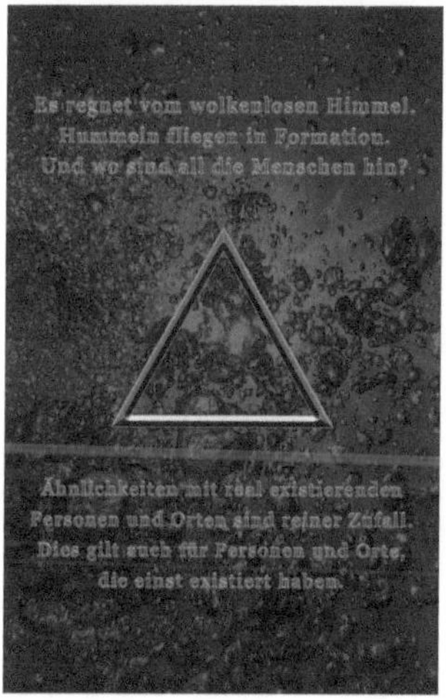

„Buch Eins“

ISBN: 3757520254

„Geschichten / Reimgebettet“

ISBN: 9783818729646

ISBN 978-3-8190-2366-8
9 783819 023668 00001
www.epubli.com